W0267802

FLEUR DE NAVE VINAIGRETTE

DU MÊME AUTEUR

Dans la même collection :

Laissez tomber la fille.
Les souris ont la peau tendre.
Mes hommages à la donzelle.
Du plomb dans les tripes.
Des dragées sans baptême.
Des clientes pour la morgue.
Descendez-le à la prochaine.
Passez-moi la Joconde.
Sérénade pour une souris défunte.
Rue des Macchabées.
Bas les pattes.
Deuil express.
J'ai bien l'honneur de vous buter.
C'est mort et ça ne sait pas.
Messieurs les hommes.
Du mouron à se faire.
Le fil à couper le beurre.
Fais gaffe à tes os.
A tue... et à toi.
Ça tourne au vinaigre.
Les doigts dans le nez.
Au suivant de ces messieurs.
Des gueules d'enterrement.
Les anges se font plumer.
La tombola des voyous.
J'ai peur des mouches.
Le secret de Polichinelle.
Tu vas trinquer, San-Antonio.
En long, en large et en travers.
La vérité en salade.
Prenez-en de la graine.
On t'enverra du monde.
San-Antonio met le paquet.
Tout le plaisir est pour moi.
Du sirop pour les guêpes.
Du brut pour les brutes.
J'suis comme ça.
San-Antonio renvoie la balle.
Berceuse pour Bérurier.
Ne mangez pas la consigne.
La fin des haricots.
Y'a bon, San-Antonio.
De « A » jusqu'à « Z ».
San-Antonio chez les Mac.
Ménage tes méninges.
Le loup habillé en grand-mère.
San-Antonio chez les « gones ».
San-Antonio polka.
En peignant la girafe.
Le coup du père François.
Du poulet au menu.
Le gala des emplumés.
Votez Bérurier.
Bérurier au sérail.
La rate au court-bouillon.
Vas-y Béru!
Tango chinetoque.
Salut, mon pope!
Mange et tais-toi.
Faut être logique.
Y'a de l'action!
Béru contre San-Antonio.
L'archipel des Malotrus.
Zéro pour la question.
Bravo, docteur Béru.
Viva Bertaga.
Un éléphant, ça trompe.
Faut-il vous l'envelopper?
En avant la moujik.
Ma langue au Chah.
Ça mange pas de pain.
N'en jetez plus!
Moi, vous me connaissez?
Emballage cadeau.
Appelez-moi chérie.
T'es beau, tu sais!
Ça ne s'invente pas!
J'ai essayé : on peut!
Un os dans la noce.
Les prédictions de Nostrabérus.
Mets ton doigt où j'ai mon doigt.
Si, signore.

Maman, les petits bateaux.
La vie privée de Walter Klozett.
Certaines l'aiment chauve.
Concerto pour porte-jarretelles.
Sucette boulevard.
Remets ton slip, gondolier.
Chérie, passe-moi tes microbes!
Une banane dans l'oreille.
Hue, dada!
Vol au-dessus d'un lit de cocu.
Si ma tante en avait.
Fais-moi des choses.
Viens avec ton cierge.
Mon culte sur la commode.
Tire-m'en deux, c'est pour offrir.
A prendre ou à lécher.
Baise-ball à La Baule.
Meurs pas, on a du monde.
Tarte à la crème story.
On liquide et on s'en va.

Hors série :

L'Histoire de France.
Le standinge.
Béru et ces dames.
Les vacances de Bérurier.
Béru-Béru.
La sexualité.
Les Con.
Si « Queue-d'âne » m'était conté.
Y a-t-il un Français dans la salle?
Les mots en épingle de San-Antonio.

Œuvres complètes :

Vingt tomes déjà parus.

SAN-ANTONIO

FLEUR DE NAVE VINAIGRETTE

ROMAN

ÉDITIONS FLEUVE NOIR

6, rue Garancière - PARIS VIe

5e réimpression

612e mille

Édition originale parue dans notre collection Spécial-Police sous le numéro 293.

Texte paru également dans le Tome I des *Œuvres Complètes de SAN-ANTONIO*.

La loi du 11 mars 1957 n'autorisant, aux termes des alinéas 2 et 3 de l'Article 41 d'une part, que les *copies ou reproductions strictement réservées à l'usage privé du copiste et non destinées à une utilisation collective*, et, d'autre part, que les analyses et les courtes citations dans un but d'exemple et d'illustration, *toute représentation ou reproduction intégrale ou partielle, faite sans le consentement de l'auteur ou de ses ayants droit ou ayants cause, est illicite* (alinéa 1er de l'Article 40).
Cette représentation ou reproduction, par quelque procédé que ce soit, constituerait donc une contrefaçon sanctionnée par les Articles 425 et suivants du Code Pénal.

© 1969, Éditions « Fleuve Noir » Paris.

Tous droits réservés pour tous pays y compris l'U.R.S.S. et les pays scandinaves. Reproduction et traduction même partielles interdites.

ISBN 2-265-01497-4

AVANT-PROPOS

Sachant que la plupart de mes contemporains sont d'un tempérament bilieux, je prends soin, chaque fois que je publie un nouveau chef-d'œuvre, d'informer le lecteur que mes personnages sont imaginaires, fictifs et tout. Cette fois, la précaution me paraît superflue : qui donc, quel crâne plat, quel cerveau ramolli, irait supposer que les héros de ce livre sont réels?

De même ses aspects historiques et géographiques n'échappent pas à la fantaisie de ma remarquable imagination. Toute ressemblance avec des personnes (fût-ce des empereurs) existantes ou ayant existé ne serait pas une coïncidence mais un miracle.

Fleur de Nave vinaigrette n'est qu'une immense tarte à la crème que je vous balance à la frite pour rigoler.

J'espère que vous trouverez la crème assez fraîche et que vous comprenez la plaisanterie.

Votre vieux :
S.-A.

CHAPITRE PREMIER

Comme chaque fois que le cousin Hector venait tortorer at-home (de Savoie), après le dessert, contrairement à ce que préconise une chanson de salle de garde, nous ne savions plus quoi foutre et nous nous regardions en cousins de faïence, lui et moi, pendant que Félicie, ma brave femme de mère, faisait la vaisselle. Ordinairement, j'essayais de m'esbigner en loucedé, mais M'man était si désemparée en me voyant mettre les adjas que j'avais de moins en moins le courage de l'abandonner entre les griffes d'Hector.

Ce dimanche-là, Hector s'était pointé avec un bouquet de chrysanthèmes. Probable que ce mois de novembre le poussait à la mélancolie. « Tu vas au cimetière ? » avais-je interrogé. Il s'était renfrogné comme un accordéon dans sa housse.

D'autant plus que ce matin-là il était plus amer qu'une bouteille de Fernet-Branca. Il avait eu des démêlés au burlingue avec son sous-chef.

Une vraie tragédie antique! Jugez-en plutôt (ou plus tard si vous n'avez pas le temps maintenant) : M. Pinson, son supérieur, lui avait demandé de lui rapporter du bureau de tabac où Hector allait faire l'emplette de timbres, une boîte de cachous (substance astringente extraite des fruits de l'arec). Hector avait accompli cette mission délicate avec la vaillance, la sagacité et le sens des responsabilités qui sont l'apanage (blanc) de notre famille. Seulement, il avait acheté des cachous Bézuquet, alors que M. Pinson ne consommait — c'était notoire — que des cachous Lanfoiré. Drame! Pinson avait nié les qualités intrinsèques et intrinhumides d'Hector.

Il l'avait traité d'incapable, de diminué mental, de refoulé sexuel et autres qualificatifs plutôt désagréables.

Ce qu'entendant, Hector avait osé une chose que de mémoire de gratte-papier nul avant lui ne s'était permise : il avait tiré la langue à son sous-chef. Vous imaginez le scandale? Rapport en hauts lieux! Admonestation du sous-chef-chef, du chef-sous-chef et du chef-chef! Rationnement sur le papier à faire les cocottes! Tracasseries multiples de la part des collègues perfides qui allaient jusqu'à faire des taches d'encre sur ses manches de lustrine pour se faire bien voir du sous-chef!

Brimades de celui-ci qui, lorsque Hector eut à changer sa plume, lui refusa une plume Sergent-Major pour lui octroyer une plume baïonnette, ce dont Hector avait une sainte horreur. Bref, son bureau était devenu l'enfer. Et mon cousin m'expliqua après le repas, entre le café et le petit verre de Cointreau, qu'il songeait sérieusement à solliciter sa mise à la retraite anticipée.

— Mais que ferais-tu, dans le cas où la chose se réaliserait? m'inquiétai-je.

Hector s'était raclé la gorge, avait craché discrètement dans un mouchoir noirci par le tabac à priser et, d'une voix lamentable :

— Vois-tu, Antoine, je suis un pas-de-chance La vie a toujours été rude pour moi. Qu'ai-je eu comme joie? Les palmes académiques? Oui, je sais... Mais j'étais fait pour mener une autre existence.

— Tout le monde, lui dis-je. A ce titre-là tous les hommes sont des ratés. Je réitère ma question : une fois à la retraite, que feras-tu?

— N'importe quoi!

— Ce sont les gens qui ne savent rien faire qui font n'importe quoi!

— Je suis fonctionnaire depuis vingt-trois ans, six mois et dix-neuf jours, se lamenta sombrement Hector; que pourrais-je savoir faire?

Tant d'humble franchise m'émut. Afin de lui changer les idées, je lui proposai une balade.

— Aller où? ronchonna mon estimable parent en pinçant son nez jaune.

J'eus alors une idée, innocente en elle-même, mais qui devait avoir par la suite des conséquences extraordinaires.

— Tu connais mon ex-collègue Pinaud?

— Effectivement.

— Il s'est retiré à Vincennes où il tient un café. Si nous allions lui dire un petit bonjour?

Hector fit son examen de conscience, branla le chef (il est célibataire) et soupira :

— Je méprise souverainement les cafés qui sont, comme chacun sait, des lieux de perdition où l'homme subit sa plus grave dégradation...

— Respire! lui dis-je.

— Pardon?

— Respire! Sortir des phrases aussi longues sans escales, c'est un truc à vous conduire à l'infarctus!

Il haussa ses robustes épaules en forme de parapluie roulé.

— ... Mais néanmoins, poursuivit mon vénéré cousin, la personne de ton ami Pinaud ne m'est pas antipathique, tout au contraire. C'est un homme pondéré et qui possède d'assez bonnes manières pour un ancien policier.

Nous partîmes donc sur ce jugement flatteur. Félicie refusa de nous accompagner, alléguant le ménage à faire et les oiseaux sans tête à préparer pour le soir.

Il faisait un temps d'arrière-saison du genre suave : soleil tiède, langueur à tous les étages avec, venant des Açores, la formation d'un anticyclone de direction nord-est assez prononcée.

Hector mit un certain temps à pénétrer dans

ma M.G. Il y parvint à l'instant précis où j'allais chercher un chausse-pied pour faciliter l'opération.

— J'ai une sainte horreur de ces voitures sport, me dit-il tandis que je roulais à travers le Bois. C'est inconfortable, cela vous brise les reins et on a des courants d'air dans la nuque.

— Entièrement d'accord, convins-je, ça ne vaut pas un bon édredon, mais avoue que ça va plus vite...

Hector marqua sa réprobation en relevant le col de son pardingue aussi râpé que le dos d'un vieil âne qui coltinerait des limes à métaux.

Paris était presque vidé de ses voitures. Il y avait tellement de place partout qu'on avait envie de s'arrêter tous les dix mètres afin de parquer à satiété (j'adore les jeux de satiété) (1). Les bouches de métro bâillaient d'ennui. Des messieurs tristes allaient consommer dans les cafés, et des couples dans les hôtels. Il y avait à ce propos des queues énormes devant les cinémas, principalement devant ceux qui projetaient des histoires de fesse, ceci étant la conséquence de cela. Sur les esplanades, les platanes faisaient du surplace et sur les places des poulbots faisaient l'arbre-fourchu. Rien n'est plus tragique, rien n'exprime avec plus de force la précarité de l'existence que Paris un dimanche après-midi d'automne. Des feuilles mortes tour-

(1) Complètement idiot, mais ça crée l'ambiance!

billonnaient au vent mauvais qui les emportait de-ci de-là.

Hector qui n'avait rien dit depuis ses pertinentes considérations sur l'industrie automobile tira la langue qu'il avait agile et s'en frotta le bout du nez. Après quoi il soupira.

— Tu vois cette tristesse ambiante, Antoine?

— Yes, Hector.

— Eh bien! elle me fait songer à celle qui règne dans mon modeste appartement de célibataire.

Emu, je lui décochai une bourrade qui le fit tousser un peu de son poumon gauche, lequel battait de l'aile depuis son adolescence.

— Tu m'as l'air en plein cirage, Totor. Faudrait te marrida.

In petto j'essayais de concevoir le bipède à tête de femme qui consentirait à se farcir Hector.

— Tu oublies deux choses, déclara-t-il. Primo, j'ai horreur que tu m'appelles Totor, c'est d'un vulgaire! Secondo, je suis misogyne.

— Misogyne par timidité, ricanai-je.

— Point tellement, rectifia mon parent. Ce ne sont pas les occasions qui m'ont manqué. Je crois même...

Là, il rajusta son nœud de cravate et lissa sa mèche de démocrate-chrétien.

— Je crois même mon charme plutôt opérant. Je possède de l'instruction et de la conversation ce me semble; et puis enfin, Dieu me pardonne, j'ai la taille mannequin.

— Tu l'aurais même trop, murmurai-je, au point que tu ressembles carrément à un mannequin !

Ces choses étant dites, nous stoppâmes devant l'établissement désuet, géré par le non moins désuet Pinuche, établissement qui avait pour enseigne *Au Perdreau Vert*. J'avais demandé à Pinuche la raison (sociale) de cette appellation.

— Facile, m'avait répondu le déchet, je suis toujours perdreau dans l'âme et toujours aussi vert.

— Tu n'es pas *toujours* vert, tu l'es *déjà !* avais-je rétorqué, parodiant Jules Renard.

Le plus drôle, oui, le plus drôle, c'est qu'il avait ri.

Le café était désert comme un car de C.R.S. pendant une insurrection. Bistro modeste, vieillot, dans lequel flottaient des remugles de civet et de bière tournée. En manches de chemise, le ventre ceint d'un tablier bleu à poche kangourou, une casquette de camionneur américain sur le chef, Pinuche lisait un journal très édifiant dont le titre était : *Les Enfants du Cantal et leurs problèmes*.

Pour ce faire il avait chaussé son nez pointu de lunettes aux verres plus fêlés que la voix d'un mendiant et dont les branches avaient été rafistolées au moyen de chatterton.

Ayant enregistré notre entrée au radar, car il ne pouvait voir à plus de vingt-six centimètres virgule trois avec ses pauvres besicles, le débris demanda :

— Pour ces messieurs, ça sera?

— Une pneumonie double dans un cataplasme de farine de lin!

Pinuche se débarrassa de ses fâcheuses lunettes et s'écria avec une joie qui me chauffa le cœur :

— San-A.! Pas possible!

Je ne répondis rien, car je venais d'être saisi à la gorge par une épouvantable odeur et aux jambes par une nuée de chats miauleurs.

Je réalisai que les seconds étaient à l'origine de la première; comme l'eût dit la marquise de Sévigné qui devait patronner tant de crottes (en chocolat).

Nous nous étreignîmes. Hector serra la main de Pinaud, Pinaud celle d'Hector, après quoi il réitéra sa question du début mais d'une voix moins professionnelle.

— Qu'est-ce que je vous offre?

— Un marc de Bourgogne, décidai-je.

— J'en fais pas!

— Alors un calvados.

— J'en ai plus.

— Un Cointreau.

— M'en reste plus...

J'énumérai successivement huit cent soixante-treize noms de boissons alcoolisées, en pure perte : Pinaud n'en avait pas. Je m'arrêtai, à court d'imagination.

— Le plus simple serait de nous dire ce dont tu disposes, Vieillard !

Il tira sur sa moustache, haussa ses épaules démantelées et murmura :

— J'ai du vin rouge, du vin blanc, mais je vous le conseille pas parce qu'il est aigre, et un peu d'Elixir de Santé du Révérend Père Colateur, mais je vous le déconseille aussi, car c'est plutôt dégueulasse.

— Si nous prenions deux petits rouges? suggérai-je à Hector.

Bien que mon cousin appartînt à la Ligue, il trouva l'idée géniale et déplora qu'elle ne me soit pas venue plus tôt.

— Ça marche, les affaires? demandai-je à Pinaud, tout en propulsant à l'autre extrémité de la pièce un matou téméraire rouquin comme un Irlandais peint par Van Gogh, qui prétendait se faire les griffes après mon tibia.

Pinuche alors se mit à pleurer.

— Non, fit-il, pas du tout. Y a pas un chat.

Je lui montrai la gent miauleuse et moustachue.

Il secoua la tête.

— Oh! des comme ça, y en a vingt-deux. Mme Pinaud, mon épouse, recueille tous ceux du quartier. C'est son dada. Dans notre ancien logement, elle pouvait pas en avoir, parce que le gérant l'interdisait, alors elle se rattrape maintenant.

Comme ses larmes continuaient de ruisseler

sur sa face en gargouille moyenâgeuse, il poursuivit :

— Quand on a hérité de mon beau-frère, on s'imaginait qu'on allait faire fortune, mais je t'en fiche! Si je vous disais que mon dernier client remonte à la semaine dernière... Oui, c'était mercredi. Et encore il a rien bu. Il venait juste pour téléphoner...

— Quels sont tes projets?

— Faire autre chose. Reprendre le collier, quoi!

— Tu veux réintégrer la poule?

Lors, le digne homme se drapa dans son tablier bleu en même temps que dans sa dignité.

— Monsieur plaisante? fit-il... Lorsqu'un Pinaud a démissionné, il ne retourne pas implorer sa réadmission. Ce que je compte faire, San-A., ce que je compte faire? Tu veux le savoir? Tu veux vraiment que je te le dise?

Comme il allait se raconter avec un grand luxe de détails (le seul qui lui fût présentement permis) un bruit bizarre se déclencha dans la salle.

Cela tenait de la ménagerie en délire, de l'essai d'avions à réaction, de l'alambic en folie et de la tuyauterie de gaz crevée. Hector et moi cherchâmes l'origine de ce tumulte et la trouvâmes allongée sur une banquette. Bérurier, le Vaillant, le Glorieux, le Fort, Béru par qui la Gaine Scandale arrive; le gros Béru, l'Enorme, le Courageux, l'Invincible; celui qui est aussi bulle que dozer, aussi large d'idées que de tour de taille, Béru dormait, gavé de vin, sur la moleskine éventrée des Etablissements Pinuche.

Je m'approchai de lui et hurlai :

— Haut les mains!

Il se produisit alors une surprenante réaction chez cet être d'élite. Il sursauta, chuta de la banquette, sortit son pétard et défourailla par deux fois dans ma direction avant de me reconnaître. A cause de son ivresse il me vit deux, et, grâce à Dieu, tira sur mon double. Mon double resta debout à mes côtés; mais deux bouteilles du comptoir furent pulvérisées.

La grande fiesta, les gars. On jouait « Panique à bord ». Hector était à plat ventre dans les cacas de chat. Pinuche jouait à guignol derrière son zinc.

— Monsieur l'Enflure a ses vapeurs! m'écriai-je.

Le Mahousse se massa la rétine, se tâta le donjon, éternua, éructa, vagit, barrit et finit par bredouiller :

— Mince, c'est toi!

Nous nous remîmes de nos émotions autour d'une bouteille de Citerne Haut-Médiocre baptisée Beaujolais en l'église de Bercy. Le gars Béru était tout penaud.

— Justement, je rêvais que des malfaiteurs essayaient de violenter ma Berthe, expliqua-t-il. Alors, quoi : mon honneur a fait qu'un tour.

— L'honneur, c'est comme des coquilles

Saint-Jacques, Gros : bien lavées ça ressert.

Il en avait un grand coup dans les galoches, le noble chevalier. Sa trogne épiscopale éclairait l'établissement comme un néon.

— Mme Pinaud n'est pas là? s'enquit fort civilement Hector.

— Elle est à vêpres, renseigna le Fossile.

Puis, revenant à ses confidences initiales :

— San-A., je t'annonce une chose : je vais fonder une agence.

— Immobilière?

— Non : de police privée.

Je considérai le Détritus d'un œil incertain.

— Tu vas travailler dans le bidet, Pinuche, après une carrière si riche en enquêtes passionnantes?

— Faut vivre!

— Vivre des cocus, c'est triste! Excuse-moi, mais j'aime pas le pain de fesses.

Lors, le digne homme s'indigna :

— Y a pas que les cornards, San-A., qui s'adressent à une agence privée. Y a aussi les assureurs, les notaires...

— Ne biaise pas, Vieillard, ça n'est plus de ton âge. Tu sais parfaitement que quatre-vingt-dix-neuf pour cent des clients sont des bonshommes qui ont des doutes ou des bonnes femmes qui veulent des preuves.

Pinuche rajusta sa vaillante casquette de camionneur, ralluma sa moustache en croyant attiser son mégot. La flamme fumeuse du briquet noircit son nez tortueux.

— Eh bien! je travaillerai dans l'adultère s'il le faut, fit-il, je suis philosophe. A mon âge on peut pas jouer encore les Mac Karty, je veux dire, les Book-Maker... Non! les Nick Carter!

C'est pour lors que le très vénérable cousin Hector, le tireur de langue d'élite du ministère des Travaux en cours de brouillon de Projets laissa tomber, comme fiente un pigeon sur la statue d'un général :

— Si vous avez besoin d'un collaborateur, cher monsieur Pinaud, je suis votre homme. Je compte en effet, Antoine le sait, prendre ma retraite anticipée et comme mes revenus ne me permettront pas de vivre sans rien faire...

Ce disant, il déposa sa carte sur la table de marbre.

— Voici mon adresse...

Pinaud répondit que c'était à voir et votre ravissant San-Antonio éclata d'un rire qui fêla la glace du comptoir.

— Qu'est-ce qu'il y a de risible dans ma proposition? rouscailla Hector, hautain.

— Je te vois hantant les maisons de rendez-vous, cousin; chopant des orgelets à force de mater par les trous de serrure; attrapant des rhumes et des bronchites en attendant que des dames polissonnes aient achevé leurs petites parties de jambes en l'air sur terrain mou.

— Je préfère risquer ma santé et être tranquille plutôt que de subir les brimades et les humiliations de mes collègues et de mes chefs. La liberté est un bien dont je conçois le prix un peu tardivement et...

Il se tut. Bérurier venait de s'écrouler sur la table avec un ronflement de pic pneumatique.

***

Ceci se passait il y a cinq mois.

CHAPITRE II

Le taxi me débarque devant mon pavillon. Je cigle le général russe et je m'immobilise entre mes deux valtouzes, attendri jusqu'aux larmes par cette maison paisible, drapée de lierre, à l'intérieur de laquelle ma Félicie attend son grand garçon.

Je vous l'ai dit mille fois et je le répète pour ceux d'entre vous qui n'étaient pas à l'écoute au début de l'émission, mais pour l'homme aventureux que je suis, Félicie et notre pavillon représentent quelque chose comme le paradis terrestre. Après mes parties de castagne, c'est le havre de grâce.

La grille grince. Mes semelles font crisser les graviers roses de l'allée. Voilà le printemps, les gars. C'est le moment où les demoiselles ne se nourrissent plus que de pommes vapeur. Les arbres et le tarin des collégiens bourgeonnent. La terre sent le « remettez-nous une tournée, c'est le Bon Dieu qui paie ». Je gravis le perron. La porte n'est pas fermaga.

Félicie ne se barricade jamais. Elle n'a pas les chocottes des voleurs, ma vieille. C'est quelqu'un dans le style de l'évêque de Digne cher au père Hugo : elle trouverait des casseurs au turbin chez nous, elle leur cloquerait les chandeliers de la salle à manger (les gros qui nous viennent de tante Léocadie, celle qui avait des moustaches à guidon bas et le nez en trompette because son menton le tenait relevé).

Une chouette odeur de ris de veau au madère me caresse la cloison nasale. Je marque un nouveau temps d'arrêt. Félicie chante dans sa cuistance. Elle a bien reçu mon télégramme et elle est toute joyce, la chérie. Je pose mes bagages et je m'avance sur la pointe of the feet. M'man porte sa blouse noire par-dessus laquelle elle a noué un tablier mauve. Elle chante un truc du passé : *Que ne t'ai-je connue au temps de ma jeunesse.* Sa voix chevrote un peu et elle marque bien les « r », comme il était de mise jadis. C'est pourtant vrai que Félicie a été jeune. Elle a aimé, on l'a aimée... Mais je sais que ces amours-là n'étaient que le prologue de son amour personnel. Une espèce de bref apprentissage qui préparait la venue dans sa vie de San-Antonio. Pour elle oui, je suis bien le seul, le vrai, l'unique, l'incomparable, le merveilleux, le superbe, le triomphant, le suprême, l'adorable, l'irrésistible, le suave, l'enjôleur, l'extraordinaire San-Antonio.

— 'jour, M'man!

Elle se tait, fait volte-face avec dans la main une grosse cuillère en bois qu'elle brandit comme un sceptre.

— Oh! mon grand, te voilà!

On s'attrape à pleins bras et on se serre l'un contre l'autre.

— Je ne t'attendais pas si tôt, Antoine.

— En arrivant à Orly, je n'ai pas pu résister : je me suis fait amener ici dare-dare (1) avant de passer à l'usine.

— Comme tu es gentil, mon petit. Tu as fait bon voyage?

— Oui, excellent.

— Ça t'a plu, Cuba?

— Pas mal. Mais j'ai préféré le Mexique.

— Tu n'as pas été trop en danger au moins?

La pauvre chérie s'imagine que plus je vais loin plus je risque mes os.

— Penses-tu. C'était un simple voyage d'information. Le Vieux mijote un truc là-bas... Il voulait que j'aille me rendre compte sur place. Alors j'en ai profité pour pousser une pointe jusqu'au Yucatan. Tiens, je t'ai rapporté un poncho de Merida.

— Un quoi? murmure M'man.

J'ouvre une valise et j'y prends un magnifique poncho fabriqué main.

— C'est une couverture?

(1) San-Antonio avait écrit dard-dard, par étourderie supposons-nous.

(Note de l'Editeur.)

— A peu près. Tu pourras te la mettre sur les jambes si tu veux, le soir, quand tu tricotes en m'attendant.

— Elle est merveilleuse. Je vais m'en servir comme dessus de lit.

— J'ai rapporté aussi un souvenir à Pinuche et un autre à Bérurier.

— Tu penses à tout ton monde.

— Pour Béru, un sombrero avec des pompons et des grelots, regarde!

Je sors un immense bitos noir et rouge, un peu meurtri par le voyage.

— C'est très joli, admet Félicie.

Elle contient mal son envie de rire.

— Tu imagines la tronche du Gros, là-dessous, hein, M'man?

— Oui, fait-elle en s'esclaffant. Ce qu'il sera drôle.

— Et voici pour Pinaud.

— Qu'est-ce que c'est?

— *Une pipa de la paz,* c'est-à-dire un calumet de la paix.

« Il mesure près de quatre-vingts centimètres, de cette façon au moins il ne se brûlera plus les moustaches. »

Voilà brusquement le visage de ma Félicie qui se crispe.

— Mon Dieu, à propos de M. Pinaud, j'oubliais de te dire...

— Quoi donc, M'man? Il n'est pas mort pendant mon absence, j'espère?

— Non. Mais depuis hier il m'a téléphoné trois fois pour demander si tu étais rentré. Il a quelque chose de très urgent à te communiquer, paraît-il...

Ecoutez, mes mecs, on collerait ça dans une pièce de théâtre, les spectateurs diraient que ça fait gratuit (malgré le prix élevé des places). A peine Félicie vient-elle de m'annoncer la chose que la sonnette of the grille tintinnabule. On mate par la croisée et on voit s'amener le révérend Pinuchet.

Il porte un imper trop long qui lui ramone les pompes. Il a un cache-col tricoté par sa bergère, dans les tons marron; et son vieux bitos aux bords relevés par-derrière et gondolés par-devant. Un mégot est piqué sous sa moustache mitée pareil à un anus de poulet négligé. L'Illustre s'amène de sa démarche chancelante. Son nez long et étroit confère à sa physionomie un je ne sais quoi d'endeuillé, de navré, de navrant, d'affligeant, de résigné, de miséricordieux, de soumis, et d'attendrissant.

Quand on voit la photo de Pinaud sur un journal, d'instinct on sort sa pointe Bic pour lui dessiner des lorgnons.

En m'apercevant, sa gueule en berne s'éclaire d'un sourire aussi pâle qu'un coucher de lune sur le mont Blanc.

— Ah! Enfin! fait-il, du ton du pèlerin qui arriverait à Lourdes après cinquante-deux ans de marche à pied dans les mêmes chaussures.

Il avise mes valoches.

— Tu débarques?

— A l'instant. Alors, Vénérable extinction de race, on me cherche?

— M'en parle pas, San-A.!

Il hoche sa tête de tamanoir navre.

— Assieds-toi, Pinuche, on va t'offrir un cordial.

Il déboutonne son imper style soutane.

— Il sera le bienvenu, affirme le Superflu. Depuis quarante-huit heures, je suis dans un état!

— Ton troquet a fait faillite?

— Non. D'ailleurs je m'en occupe plus.

— Alors?

— Ton cousin Hector, Antoine...

M'man pousse un cri et lâche sa bouteille de Chartreuse verte que je rattrape au vol.

— Il lui est arrivé quelque chose? balbutie ma brave femme de mère.

— Il a disparu.

Malgré ma vaste intelligence, mon abondance de phosphore et le surdéveloppement de ma matière grise, je mets deux secondes six dixièmes à réaliser.

— Comment ça, disparu?

Il lève ses bras de plainte.

— Disparu, quoi!

Félicie emplit trois verres à liqueur de Chartreuse. J'en tends un au Facultatif. Il le boit cul sec (il a un imperméable, je le répète) et fait claquer sa langue d'hépatique.

— Attends, Pinaud, j'aimerais que tu me mettes un peu au parfum. Comment peux-tu savoir que mon cousin Hector a disparu ?

— Tu sais bien que nous sommes associés ! s'étonne l'Amoindri.

— Associés ?

— Saperlipopette, dit-il en vieux français, nous t'avions bien annoncé que nous allions fonder une agence de police privée...

Alors là, mes chéries, votre San-A. en a les cannes qui font bravo. Je suis obligé de m'asseoir pour supporter la suite du trajet.

— Hector et toi, associés !

— Mais oui. On a fondé le mois dernier la Pinaudère Agency.

— La quoi !

— La Pinaudère Agency, répète l'Achevé. Nos deux noms mélangés. Pinaud, mon nom. Et Dère, çui de ton cousin. On a choisi Agency pour que ça fasse amerlock ; de nos jours y a que ça qui plaît.

Il sort une carte de sa poche et la dépose sur la table. Je cramponne le bristol et je lis à haute et intelligible voix afin que Félicie en profite :

LA VERITE, RIEN QUE LA VERITE,
TOUTE LA VERITE.

Grâce à la Pinaudère Agency Limited.
Recherches de toute nature, filatures.
Les spécialistes des enquêtes délicates.

On croit rêver. Quand je vois des trucs pareils, je remercie Félicie de m'avoir mis au monde. Rien qu'une carte comme celle-ci, ça vaut la trajectoire, non?

— Alors Hector a démissionné de son ministère?

— Oui. Il avait eu un nouvel incident très grave avec son sous-chef. Figure-toi qu'à la suite d'une réprimande de celui-ci, Hector lui a fait un pied de nez; oh! dans son dos bien sûr. Mais un collègue d'Hector l'a vu et a rapporté...

— La vilaine! Ça marche votre agence?

— Pas mal. On a eu deux adultères et une recherche en paternité.

— Il est bien, Totor, en poulaga?

— Parfait. C'est l'homme consciencieux, quoi!

— Et il aurait disparu avec sa conscience?

— Xactement. Figure-toi qu'il était sur une filature dans la bourgeoisie.

— Attends, raconte par le commencement.

— Avant-hier, à l'Agency, on a eu la visite d'une dame tout ce qu'il y a de bien : manteau d'astrakan à col de vison, tu vois le genre?

— *I see; after?*

— La dame que je te parle voulait faire surveiller son mari, dont au sujet duquel elle avait des doutes sur sa fidélité. Le mari fréquentait une petite Asiatique et la dame voulait des preuves.

« Comme j'avais une enquête en cours, j'ai mis Hector sur la filature... »

— A Roubaix?

— Non, pourquoi?

— Une filature, je croyais...

Le Détritus jette un regard effaré à Félicie.

— Il ne peut pas rester sérieux! Et pourtant, c'est grave, quoi!

— T'inquiète pas, Pinuchard, c'est ma soupape qui fonctionne. Alors?

— Hier matin, Hector s'est mis au travail. Il devait venir au rapport à midi, mais je l'ai pas vu. Le soir, il était pas là non plus. J'ai commencé à m'inquiéter. Je suis été chez lui, mais j'ai trouvé porte close et sa concierge ne l'avait pas revu depuis le matin... Du coup, j'ai pris le traczir pour de bon. J'ai pensé à toi. C'est ton cousin, je m'ai dit que tu ferais quelque chose!

Sacré vieux boy-scout! Jouer les Callaghan à son âge, et avec cette patate d'Hector comme assistant.

— Tu as revu la cliente?

— Non. Elle attend de nos nouvelles. Elle a téléphoné ce matin, mais notre secrétaire a répondu que...

— Ah! parce que vous avez une secrétaire?

— Ben alors, on est une maison sérieuse. Et on a des bureaux aux Champs-Elysées, si tu veux le constater au verso de notre carte.

La stupeur m'étourdit. Ils ont becqueté du lion, les deux raclures de fond de malle.

La Pinaudère Agency ne deviendrait-elle pas un organisme réputé?

— Notre secrétaire, reprend le Délabré, a biaisé. Mais il va falloir que je lui dise quelque chose à cette personne! Et cet Hector qui a disparu sans laisser de trace. Pourvu qu'il ne lui soit rien arrivé!

C'est aussi le tourment de Félicie. Quel pastaga! J'arrive de voyage et au lieu de déguster peinardement les ris de veau de M'man, voilà un turbin calamiteux et familial qui me choit sur le râble.

— Comment se nomme la dame qui fait filer son jules?

Pinaud se renferme comme la vertu d'une rosière dans un slip en fil de fer barbelé.

— Secret professionnel, riposte-t-il.

— Quoi! tonitrué-je. Môssieur vient chialer dans votre giron parce qu'il n'est pas foutu de retrouver sa crêpe d'associé, et il prétend jouer les X-27!

— Parfaitement, objecte le Fossile. Le secret professionnel c'est une chose sacrée, San-A.

Je rengaine mes rognes. Il est si émouvant, Pinoskof, avec ses yeux en virgule et sa moustache de rat qui ne sait pas fumer.

— Bien, alors tu vas te mettre sur les talons du bonhomme que devait suivre Hector. Observe son comportement et tu apprendras peut-être quelque chose de positif. Rendez-vous ce soir à tes bureaux. Disons sur les choses de six heures, vu?

— Vu!

— Tiens, je t'ai rapporté un souvenir du Mexique.

Je lui cloque sa bouffarde à coulisse et il est aux anges.

— Merci, c'est merveilleux, San-A. Ce que tu es gentil, tout de même! Qu'est-ce que ça représente?

— C'est un calumet de la paix. Fume avec ça, et c'est la sauvegarde de tes moustaches.

— Un vrai! s'extasie le Vioque.

— Garanti sur facture. Il porte même l'adresse d'un bazar de Chicago, c'est te dire!

— Il est de la tribu des asticots?

— Des asticots?

— Ben oui, y a bien la tribu des asticots là-bas?

— Tu veux parler des Aztèques?

— Oui.

— Tout me porte à le supposer.

Poignée de main. On se sépare. Quand la silhouette du Chétif a disparu, je me mets à considérer Félicie avec incertitude.

— C'est alarmant, n'est-ce pas? murmure-t-elle.

— Oh! C'est plutôt ridicule. Ces deux vieilles noix jouant les Nick Carter!

— A ton avis, qu'est-ce qui est arrivé à Hector?

— Le type qu'il filait sera parti en voyage et il vadrouille peut-être en ce moment du côté de Limoges ou de Valenciennes...

— Hector est un garçon pondéré. Il aurait prévenu M. Pinaud.

C'est aussi mon avis. *In petto,* comme disent les chauds Latins, je ne suis pas très content de cette histoire. Tout à fait entre nous et le château d'If, j'ai le pressentiment que ce crétin de Totor s'est embarqué dans un coup fourré à la gomme.

Il est fait pour être détective comme Georges Brassens pour être sacristain. Afin de rassurer Félicie, je chique à l'insouciant. On passe à table et je lui raconte mon voyage. Mais, au fond de sa prunelle, un je ne sais quoi d'inquiet subsiste.

L'après-midi, je vais faire une petite visite au big Boss. La conférence dure deux plombes. Je lui rends compte de ma mission, on discute du pourquoi du comment du chose, après quoi je cours écluser un beaujolais en compagnie de Mathias. Bérurier a pris un jour de congé et je regrette son absence, d'autant plus que j'ai pris son sombrero dans ma chignole et que je comptais bien faire marrer la maison Poulardin avec cet élément vestimentaire.

A six plombes pétantes, je remonte les Champs-Elysées. Le bureau de la Pinaudère Agency Limited est situé en haut de la triomphale avenue et en haut, tout en haut d'un immeuble. En fait, il s'agit d'une chambre de bonne transformée. Je presse le timbre de la sonnette. Il fait dring et, illico, le crépitement d'une machine à écrire se déclenche.

— Entrez! glapit une voix.

Je tourne le loquet et je pénètre dans un vaste local d'un mètre quarante sur deux. Il y a la place pour une minuscule table, pour un classeur et pour deux chaises. La première est envahie par une ravissante demoiselle de soixante-quatorze piges dont les kilogrammes sont supérieurs aux ans. Elle ressemble à un boxer sans dents. Elle porte un corsage mauve contenant un quintal de glandes mammaires. Elle a des lunettes à monture d'écaille, façon Marcel Achard; un chignon signé Pauline Carton; un cordon de velours autour du goitre et de la pommade au soufre sur les quatorze mille six cent vingt-deux bubons qui lui constellent la frime.

Elle continue de tapoter sans s'occuper de moi. L'air sauvagement pressé, qu'elle a, cette dame! A sa frénésie dactylographique, on pourrait penser qu'elle tape le recours en grâce d'un gnace qui va passer au coupe-cigares dans trente secondes. Comme mon arrivée ne l'affecte pas, je tousse, mais c'est en pure perte. Alors je m'avance délibérément, ce qui ne nécessite qu'un effort modéré étant donné que nous ne sommes éloignés l'un de l'autre que d'une bonne vingtaine de centimètres.

— Dites, chère mignonne, susurré-je, qu'est-ce qu'on fait dans un cas pareil? On attend qu'une crise de rhumatisme articulaire vous stoppe ou on flanque votre Underwood par le vasistas?

Tout en parlant, j'examine son travail et je m'aperçois qu'elle est en train de recopier l'annuaire des Téléphones.

— C'est un travail de longue haleine, n'est-ce pas? compatis-je.

La môme aux bubons s'immobilise. Ce qu'elle doit bouffer comme strombolis pour avoir une irruption pareille! Elle ne va tout de même pas prétendre que c'est de l'acné juvénile.

Elle me virgule un sourire qui me découvre complaisamment une molaire beige clair qui ne doit pas lui servir à casser des noisettes.

— SSSSe m'excssssss! fait-elle du ton modeste d'un pneu qui perd de la valve.

Elle se penche, rafle un énorme sac à mains (1) posé par terre et le hisse en geignant jusqu'à ses genoux. Elle y prend un objet que je n'identifie pas tout de suite et qui, à seconde vue, s'avère être un dentier. Elle se l'introduit dans le tout-à-l'égout, l'essaie, le ressort, prend une burette, huile les charnières, revisse deux canines qui précisément se faisaient la paire,

(1) Ça n'est pas par inadvertance que j'écris « mains » au pluriel. Son sac est tellement mahousse qu'il faut au moins deux mains pour le manœuvrer.

(Note de l'Auteur.)

arrache une incisive trop branlante et se réintroduit le piège à saucisse. Son élocution y gagne à quatre-vingts pour cent, du moins pendant les premières phrases.

— Mon appareil me bleffe, dit-elle, je ne le mets que pour cauzser.

« C'est à quel sujet? Le directeur de l'Agence n'est pas encore rentré. »

— J'ai rendez-vous avec lui.

— Fi vous voulez bien attendre, prenez le fiège!

Elle va pour ajouter autre chose, mais son râtelier se bloque et elle reste avec la bouche ouverte. Je détourne pudiquement les yeux afin de ne pas m'abîmer dans la contemplation de son slip. La vaillante secrétaire extrait sa mécanique à racler les feuilles d'artichaut, au moyen d'un coupe-papier. Ensuite elle essaie de fulminer, mais ne produit plus qu'un bruit d'ébullition et je me désintéresse de son cas.

J'attends un quart de plombe, une demi-plombe, une plombe, soit un total approximatif de soixante minutes. Je commence à me faire tartir copieusement. C'est pas que j'exige l'air conditionné dans les salons d'attente où je suis obligé de séjourner, mais cette mansarde et cette vieille édentée qui tape le Bottin pour me faire croire que l'Agency marne à plein bord me dépriment honteusement. Je sais pas où ils l'ont pêchée, leur secrétaire, les Cono's brothers, mais elle est gratinée.

A sept plombes, la vioque commence à loucher sur sa breloque grand sport carrossée par Lip.

— Si vous voulez partir, m'empressé-je, n'hésitez pas. Je suis un copain de Pinaud, je peux garder les établissements?

Mais elle, c'est « Devoir avant tout! »

Elle hoche la tête. Pour vaincre ses scrupules, je lui montre ma carte de police.

— Vous pouvez avoir confiance, ma beauté. Je suis le commissaire San-Antonio!

— Oh! bourrasque-t-elle, ssssc'est vous?

Je vois que Pinuche a soigné ma légende auprès de son personnel.

Soulagée, la secrétaire range l'Annuaire dont elle a déjà tapé les cent vingt premières pages; elle met une housse à sa machine, se barbouille le bas de hure de rouge à lèvres, prend ses béquilles derrière le classeur, rajuste la bretelle de sa jambe de bois, vérifie la pression de son sein gauche qui marche au gaz de ville et se lève. Elle s'approche d'un morceau de miroir en parfait état, retire sa perruque pour pouvoir mieux la recoiffer, la rajuste, l'orne d'un chapeau et enfin se dirige vers la lourde que je m'empresse de lui ouvrir après qu'elle m'ait cycloné un gentil bonsoir qui ressemble à un jet d'arroseur municipal dans un quartier à forte pression.

Me voilà seulabre. Je m'approche du téléphone. Par chance, il fonctionne. Je compose le numéro du bistrot Pinuchard et la vaillante épouse de mon collègue retentit à l'autre bout du fil.

— Ici San-A., chère Madame, m'annoncé-je. Votre glorieux mari est-il chez vous?

— Non, se lamente Dame Pinette. Je ne l'ai pas revu depuis ce matin.

« Avez-vous des nouvelles de votre cousin? »

— Non plus.

Dame Pinette hésite, puis :

— Je suis inquiète. Peut-être mon mari est-il allé chez Bérurier? Il m'avait dit que s'il ne vous trouvait pas, il ferait appel à Benoît-Alexandre.

— La chose est envisageable, admets-je. Fort bien, excusez-moi de vous avoir dérangée.

Elle s'apprête à me dire que tout le plaisir a été pour elle et à me brader par-dessus le marka ses plaies variqueuses, son coryza, l'érysipèle de son neveu et bien d'autres délicatesses, mais j'ai déjà raccroché.

Le retard de Pinuche accroît mon angoisse. M'est avis qu'il se passe des trucs pas ordinaires chez les Frères Karamazov de la filature. Je me permets de fouiller le classeur. C'est chose rapide. Il ne contient en fait de documents qu'un carnet à couverture de moleskine noire et un plan de Paris.

Comme je connais Paris, je me saisis du carnet. C'est le grand livre comptable de l'Agency Limited. Il contient plusieurs noms. Je lis : M. Lhenuyer (cocu) avance 100 F. Solde

400 F. Mme Jamporte-Débelles (cocu) avance 100 F. Solde 500 F. Mme Pétrousse (rech. en p.) avance 300 F. Solde 700 F...

Ils n'ont pas l'air de se débrouiller trop mal, les duettistes du cinq à sept, les tarifs grimpent.

Enfin, dernier nom! Mme Helder (cocu) avance 500 F. Comme le solde ne figure pas à la suite de cette rubrique, j'en conclus qu'il s'agit bien de la fameuse affaire en cours. Mais ces brillants détectives poussent le souci de la discrétion jusqu'à s'abstenir de l'adresse de leurs clients. Enfin, j'ai toujours le blaze comme dit l'autre, ça peut servir.

Il est sept heures vingt et le Délabré n'est toujours pas là. Je lui laisse un mot lui demandant de me rappeler à la maison et je décide de rentrer en opérant un crochet par chez Béru.

CHAPITRE III

Je sonne avec ma distinction coutumière et, presque aussitôt, la voix chuintante de B.B. fulmine.

— Ah! Non alors! Qui c'est encore le cornichon qui vient nous faire ch...

Ignorant jusqu'à ce jour les vertus laxatives de ce cucurbitacé, je venge l'honneur d'icelui en arrachant l'anneau de la sonnette.

— Va ouvrir, enflé! enjoint Berthe Bérurier à son pachyderme d'époux.

Les pantoufles tous-terrains du Gros font miauler le linoléum de son vestibule. Il m'ouvre, les sourcils joints comme les mains d'une première communiante. Il est en bras de limace. Ses bretelles lui battent les jarrets, façon Dubout. Il est congestionné comme un homard à qui on raconterait des histoires gauloises dans un court-bouillon à cent degrés.

— Tonio! s'écrie-t-il en me proposant une paluche large comme le slip de la Vénus Hottentote. T'es donc rentré de voyage?

— Comme tu vois, Turabras, riposté-je, histoire de créer une ambiance favorable.

— Entre vite, on s'est fait mettre la télé depuis quelques jours et en ce moment y a une émission du tonnerre que moi et Berthe on ne veut pas rater.

Je le suis jusqu'à la salle à manger. La Gravosse est avachie (je devrais dire Aberthie, cela reviendrait au même) dans un fauteuil d'osier qui grince sous son poids comme une forêt de peupliers dans la tempête.

— Ah! C'est vous! m'accueille-t-elle avec urbanité en me présentant un paquet de côtes premières que j'identifie comme étant une main, grâce à une bague.

Lorsque j'ai pressé ces deux kilogrammes de bas morceaux, elle fait chut et me désigne le petit écran. Un solide cuisinier barbu est en train de manipuler des casseroles.

— Raymond Olivette et la duchesse de Langeais, m'annonce Béru dans un chuchotis semblable à un coup de couteau dans un sac de blé.

Berthe, enamourée, murmure :

— Quel homme prodigieux! Il est en train de donner la recette de la patte d'alligator farcie aux aromates. En voilà un qui fait beaucoup pour le renom de la France.

Elle s'écrase une larme tricolore sur la vitrine, lisse l'aigrette en poil d'éléphant de sa verrue préférée et écoute avec une attention forcenée les explications du maître queux.

— Tu notes? s'enquiert-elle.

— T'occupe pas, rétorque le Gravos.

Il a un crayon-bille à la main, une feuille de papier sur les genoux et il écrit au jugé, sans perdre de vue les évolutions culinaires du célèbre cuisinier.

Raymond Oliver explique à Catherine Langeais que, pour réussir la patte d'alligator farcie, il faut commencer par lui limer les ongles. Ensuite de quoi on pratique une incision dans le sens nord-sud, on retire l'articulation centrale, mais on ne la jette pas car elle doit cuire avec le court-bouillon. On hache menu les paupières, le foie et l'œil gauche de l'alligator (certains cuisiniers mettent aussi l'œil droit, mais c'est moins raffiné, car la plupart des alligators font de la conjonctivite) en y ajoutant du lard fumé, de la banane écrasée, de l'oignon blanc, de l'œillet-dinde, de la feuille de nénuphar et de la graine de héros. On fourre la patte (en évitant de se la fourrer dans l'œil). On recoud avec du coton à repriser vert (le vert étant la couleur de l'alligator). Puis on met cuire au court-bouillon ainsi qu'il a été dit plus haut. On attend seize heures quatre minutes. On retire, on égoutte, on met dans un plat de terre, on épice avec de la noix muscade, du curry, du paprika, du poivre de Cayenne (la marque Chéri-Bibi est préconisée), des clous de girofle, de la sauge, du thym, du laurier, du bleu de méthylène, du trèfle à quatre feuilles et un article de Jean-Jacques

Gauthier paru depuis moins d'un mois. Lorsque la patte est bien dorée, on la retire du four. On la dresse sur un plat d'argent contrôlé, on garnit avec des nouilles fraîches et la photographie du Négus et on sert. Raymond Oliver précise que la patte d'alligator se consomme arrosée du jus d'ananas ou, à la rigueur, de Chambertin 1949, et il ajoute que si l'on ne trouve pas de patte d'alligator dans le commerce on n'a qu'à aller au Grand Véfour où le foie gras truffé est de première!

Fin de l'émission.

Berthe allonge son cuisseau de bœuf et éteint le poste.

— Lumière! demande-t-elle.

Sa Majesté Béru Ier actionne le commutateur. Je regarde la baleine. Un grand filet de salive dégouline de ses babines. Elle a l'œil nostalgique. Le Gros aussi.

— Ça doit z'être rudement fameux, ces machins-là, soupire Berthe.

Le Gros jure puissamment.

— Sacré ceci de machin de cela (1), dans l'obscurité, le papier où ce que je prenais note a glissé et j'ai écrit la recette sur mon pantalon de coutil! tonitrue-t-il.

Berthe le calme. Qu'à cela ne tienne : elle le recopiera.

(1) Traduction française de San-Antonio.
(Note de l'Éditeur.)

J'estime que le moment est venu de donner à la conversation un tour sérieux et je demande au Gros s'il a ou non vu Pinaud.

— Non, s'étonne-t-il. Pourquoi?

— Tu sais qu'il a fondé sa fameuse agence?

— Oui, je sais. Il a raison. Y a des jours où que je me demande si que j'en ferai pas z'autant.

Berthe le rabroue véhémentement, alléguant que rien ne vaut l'administration et que c'est pas en suivant des couples illégitimes qu'on prépare sa retraite.

Ces considérations ne font pas mes affaires. Je me sens franchement inquiet maintenant. Pinuche aurait-il disparu itou? Alors, là, ce serait le comble. La Pinaudière Agency escamotée!

— Alors, d'où que t'arrives? demande le Gros en débouchant une bouteille de Cep Vermeil.

— Mexique...

Il fronce les sourcils.

— C'est près de l'Australie, ce patelin, si je ne m'abuse.

— Tu t'abuses, Gros!

Berthe ricane.

— Benoît-Alexandre n'a jamais su une broque de géographie...

Et, à l'ignare époux :

— C'est en Afrique du Sud, gros malin! N'est-ce pas, commissaire?

Toujours galant avec les dames, je la contredis avec mollesse.

— Il y a de ça, chère amie.

« Je t'ai rapporté un cadeau, Béru. »

— Sans charre!

— Il est dans ma bagnole; tu descendras avec moi, je te le donnerai.

On écluse un verre de gros rouge et nous déhotons.

— Arrête-toi pas! préconise la baleine, je mets ma blanquette à chauffer...

— Je descends et je remonte! proteste le Mahousse.

***

Le sombrero lui fait vachement plaisir, à Béru. C'est les pompons et les grelots surtout qui l'enchantent. Il se coiffe de l'immense couvre-chef et décide :

— Je t'offre l'apéro au troquet en bas de chez moi. Ils vont en faire une bouille en me voyant entrer!

L'estaminet est tenu par un bougnat à baffies coiffé d'une casquette et pourvu d'un durillon de comptoir à carénage spécial.

L'Ignoble fait une entrée contondante dans le bistrot. Quelques habitués font un 421 au rade. Personne ne sourcille en voyant pénétrer le Gravos.

— Et pour M'sieur Bérurier, ça sera? demande flegmatiquement l'Auvergnat sans marquer le moindre étonnement.

— Un petit rouge pour grande personne, fait mon éminent collaborateur.

Qui ajoute :

— Vous ne remarquez rien?

Le mastroquet écarte ses sourcils touffus pour considérer mon vaillant camarade de combat.

— C't' un bouton de fièvre que vous avez au coin de la lèvre?

— Quelle truffe! grogne le Gros, déçu jusqu'au trognon. Je vous cause de mon bada! Vous avez déjà vu des sombres héros comme ça? Un bitos qui vient en droite ligne du Gratémoilas ou du Bozon-Verduraz, j'sais plus; même que c'est mon chef hiéraltique ici présent qui me l'a ramené!

Le bougnat hausse ses épaules de déménageur courbatu.

— Oh! oui, le chapeau. Il est marrant.

Comme il vient de proférer ces mots d'un ton aussi neutre que la Suisse et la Suède réunies, deux détonations éclatent dehors. Je vous parie les quatre cents coups contre un coup de sang que c'est un pétard qui vient de donner ce récital, et pas du tout un pot d'échappement. A l'oreille, je peux même ajouter que c'est du 9 mm.

Le Gros et moi sommes déjà dehors. Nous voyons disparaître les feux rouges d'une chignole américaine. Dans la rue, au bord du trottoir, il y a un petit tas sombre. Nous nous en approchons de plus près et nous constatons qu'il s'agit du cadavre d'une jeune Asiatique. On se rend compte qu'elle est asiatique à son teint et à ses yeux bridés comme le moteur d'une voiture neuve, et qu'elle est cadavre aux deux trous qui lui percent la tempe et le cou.

Il me désigne l'extrémité de la rue paisible. Celle-ci est obstruée par un lourd camion de déménagement qui manœuvre pour pénétrer dans un entrepôt. Ce faisant, il empêche la voiture américaine de poursuivre sa route.

En moins de temps qu'il n'en faut à un appareil électronique pour calculer la couennerie d'un adjudant-chef, nous voilà dans ma tire. Béru a un peu de mal à s'y glisser because sa brioche et le sombrero; mais il y parvient et je déhote.

Le camion vient de reculer suffisamment pour laisser passer la chignole amerlock. Celle-ci a eu un rush terrific et elle bombe à tombereau ouvert dans les rues tranquilles.

Elle est beaucoup plus puissante que la mienne, mais ma M. G. offre l'avantage de se faufiler. J'ai l'impression que je gagne du terrain.

Le conducteur de la tire est seul à bord.

— Tu peux lire le numéro? demandé-je à Bérurier.

— A cette distance, faudrait avoir un œil de sphinx! proteste le Gros. D'autant plus que sa plaque est crépite de boue. Course-la à mort, San-A.

J'essaie. Mais le zig de la grosse guinde est aussi champion pour le volant que pour le défouraillage express. La distance reste sensiblement la même entre nous. Tantôt je lui prends cinquante mètres et tantôt il m'en prend cent, selon les caprices de la circulation.

Tout en jouant les Fangio, nous arrivons vers la porte d'Italoche. L'assassin braque vers l'autoroute Sud. Je l'imite. Un instant, un léger encombrement de chignoles me fait espérer le rattraper, mais des clous! Il repart au moment où l'espoir commençait à renaître en nos âmes ulcérées.

— Si z'au moins j'avais mon appareil à débiter de la viande froide! se lamente le Gros. J'y aurais déjà fêté son jubilé à ce tordu. T'as pas ton Euréka, San-A.?

— Mais non, j'arrive de voyage...

— Et tu pars en voyage sans ton truc à rougir les trottoirs! T'es d'une négligence...

Nous voici maintenant sur l'autoroute. Pas besoin de me faire un dessin au tableau noir : c'est couru. Avec les trente-six bourrins qui piaffent sous son capot, Monsieur le meurtrier peut m'envoyer un baiser et s'évanouir. Effectivement, en dix secondes les feux rouges de sa brouette ont presque disparu à l'horizon.

— On l'a dans le baigneur, soupire le Gros. C'était une Cadillac son os, je crois?

— Oui.

— Faudrait faire barrer la route!

Bonne idée. Comme il est impossible de faire demi-tour, je continue à fond de plancher jusqu'à Orly. C'est direct. Je déboule comme une fusée sur le parking et j'enjoins à Béru de m'attendre, vu qu'avec ses pantoufles, ses bretelles tombantes, sa chemise sans col et sa recette de la patte d'alligator écrite au crayon sur le falzar, il est plutôt pas présentable.

Les coudes au corps jusqu'aux cabines téléphoniques. Je compose le numéro de la brigade routière et je donne des instructions pour qu'on établisse des barrages sur l'autoroute et qu'on stoppe toutes les Cadillac noires qui viendraient à passer.

Comme j'achève de téléphoner, j'aperçois un énorme Mexicain à travers la vitre de la cabine. Je l'identifie à ses bretelles et à ses pantoufles : c'est Bérurier. Il m'adresse des mimiques expressives...

— Notre mec est ici, San-A. ! exulte le Gros.

— Qu'est-ce que tu dis?

— Pendant que tu bigophonais, j'ai eu l'idée d'escruter le parking et je tombe en arête sur une Cadillac noire que sa plaque d'immatriculation est crépite de boue et que son capot est encore tout chaud. Je demande au gardien qui se trouvait là s'il a vu le proprio du wagon et il me dit que c'est un Chinois ou assimilé avec une valise de cuir noir. Moi, ne faisant ni une ni deux, je cavale jusqu'à l'hall des départs. Et je découvre un Chinois avec une valise noire qui s'en va prendre l'avion de Tokyo.

— Merveilleux, Gros, tu es bien l'homme qui remplace le beurre rance!

Nous filons jusqu'au départ du vol pour Tokyo et je suis stoppé par des employés d'Air France. Je leur montre ma carte en leur disant que je dois appréhender un gazier qui vient de grimper dans le coucou, mais il me répond que c'est trop tard. L'avion est jap et il est considéré comme territoire japonais, je n'ai pas qualité pour appréhender, sans autorisation dûment établie, qui que ce soit.

— L'appareil décolle dans combien de temps?

— Dix minutes!

Je retourne en courant jusqu'au téléphone. J'ai le Vieux.

— Ah! Mon cher, me dit-il, je vous cherche partout. Un événement d'une gravité extrême vient de se produire : on a mis le feu à l'ambassade du Japon!

Je reste trois secondes et demie sans voix. Après quoi, je lui révèle ce qui se passe : le meurtre de la jeune Asiatique, la poursuite éperdue, etc.

— Comme on ne peut arrêter le meurtrier, il faut que je le suive. Je suis avec Bérurier. Mais nous n'avons ni passeport, ni argent, ni arme, rien... Rien!

— Restez près de la porte du hall, je m'occupe de vous...

— Alors? demande Bérurier sous son immense sombrero.

Il est bath, le gars. Les gens font cercle pour l'admirer. C'est pas tous les jours qu'on découvre des gnaces pareils en liberté. D'ordinaire, ils habitent les asiles psychiatriques.

— Faut attendre, le Dabe s'occupe de nous.

— Pour nous faire parvenir un mandarin d'amener? rigole l'Ignoble.

— Non, mais un bifton de départ. J'espère qu'il reste de la gâche dans ce coucou!

— T'as de la veine d'avoir de la chance, soupire sa Majesté. Tu vas encore te payer un de ces voyages tout ce qu'il y a de meûmeû.

Cinq minutes s'écoulent et rien ne se produit. Les haut-parleurs annoncent que le vol à destination de Tokyo va bientôt se payer un ticket de nuages. Il ne reste que trois minutes. M'est avis que malgré toute la diligence du Vioque, il sera trop tard. Ce sont les postillons qui ne suivent pas.

J'ai le regard fixé sur la trotteuse de l'horloge voisine. Encore deux tours et demi de cadran et le zinc illuminé devant nous, sur la piste, fermera ses lourdes. On retirera l'échelle, et bonsoir m'sieurs-dames!

— Le commissaire San-Antonio?

J'ai un jeune type blond en complet veston devant moi.

— Oui?

— J'appartiens à la police de l'air. Tenez,

voici deux billets pour Tokyo, filez. Vite. Pour le reste, le nécessaire sera fait pendant le voyage.

— Tu viens? fais-je à Béru.

— Où ça?

— Au Japon. J'ai un ticket pour ta pomme...

Il me suit. Nous courons vers le coucou et nous y parvenons au moment où on va lourder. Ce n'est qu'en gravissant l'escalier roulant que Béru s'arrête et s'exclame :

— M...! La blanquette de Berthe!

CHAPITRE IV

L'hôtesse de l'air affectée à notre service est Japonaise à ne plus en pouvoir. Elle a le visage rond et jaune, un sourire énigmatique et des yeux en coups de canif. On a beau dire que c'est jaune et que ça ne sait pas, elle ouvre la bouche de saisissement en voyant débarquer Bérurier dans cette tenue extraordinaire.

— Le Señor Alonzo y Cordoba y Berurier a eu un accident de voiture en venant à l'aérogare, expliqué-je. Notre taxi s'est retourné...

Comme à l'état normal le gars Béru a déjà l'air accidenté, elle accepte mon explication et nous guide à nos places.

Au premier regard, je note que quatre-vingts pour cent des passagers sont de race jaune.

Le commandant de bord se présente. Il s'appelle Lahoyapadmoto. Il dit qu'on va aller vadrouiller à six mille mètres, que la prochaine escale c'est Rome et que nous devons attacher nos ceintures.

— Si je pouvais au moins attacher mes bretelles! soupire le Gros. Mais Berthe, c'est pas le genre petite main. Pour lui faire recoudre des boutons, c'est la croix et la bannière.

Le décollage s'effectue sans incident et sans incendie. Dès que nous sommes en l'air, l'hôtesse nous cloque notre plateau-repas et M. Bérurier s'épanouit. Il lui reste une nostalgie en évoquant la blanquette que Berthe est sans doute en train de se taper. Mais il se console en pensant qu'il serait arrivé trop tard pour avoir une part valable.

— Elle me laisse que le gras et les os, m'explique-t-il. C't' une vorace dans son genre.

— Dis voir, ton zigoto, tu le reconnaîtrais?

Il se soulève un peu, regarde les passagers, mais comme la plupart d'entre eux nous tournent le dos, Béru hausse les épaules.

— Je les vois mal. Et puis ils sont tous jaunes.

— Il faut pourtant savoir. Il y a près de soixante passagers. Sur les soixante on compte au moins quarante-cinq Asiatiques...

Je commence à me dire qu'on y est allé rapidos, à l'emballement.

— Quand c'est que j'aurai fini ma gamelle, j'irai aux ouatères, promet Béru. Je reluquerai bien mon monde.

Il mange sa macédoine de légumes, son rôti de veau aux haricots, son fromage et son gâteau, il vide sa bouteille de vin, éructe puissamment, chose dont le bruit des réacteurs atténue la gravité; puis se lève et arpente l'allée centrale de l'appareil.

Quand il revient, il est maussade.

— Je vais te faire un naveu, San-A. Je sais plus lequel que c'est. Y a bien l'histoire de la valise noire, mais ils n'ont pas leurs valoches ici.

Je me renfrogne.

La situation est absurde. Nous partons pour le Japon, à la poursuite d'un type dont nous savons seulement qu'il est jaune, alors qu'il y a une cinquantaine de Jaunes parmi nous. Et sur ces cinquante Jaunes, je suis prêt à vous parier Alger la Blanche contre Pise la Chaude que la moitié au moins possèdent une valise noire. Pas marrant.

— T'as pas l'air joyce, me fait Bérurier, tout jovial. C'est pourtant chouette d'aller faire une virouze au Japon. Surtout si inattendue. Après le dîner, on devait avoir la visite de mon beau-frère...

Il rêvasse, prenant une pose commode dans son fauteuil pullman.

— Dis voir, San-A. Le Japon, c'est bien à gauche de Madagascar?

— A gauche en descendant de la gare, précisé-je.

Satisfait, il clôt ses jolis yeux. J'en profite pour gamberger d'un peu plus près à tout ce micmac. Admettez qu'on ne me laisse pas respirer longtemps! Ce matin j'étais au-dessus de l'Atlantique et voilà que...

Y a drôlement besoin de faire un peu le ménage dans cette histoire. D'un côté, l'Agence

Pinaudère, ou plutôt — excusez-moi — la Pinaudère Agency Limited dont les deux associés disparaissent après qu'une Mme Helder les a chargés de filer son mari...

Je sursaute. *Son mari qui fréquentait une Asiatique!*

Une petite Asiatique se fait descendre à coups de 9 mm devant chez Bérurier. Le meurtrier roule en Cadillac jusqu'à Orly et prend l'avion de Tokyo. Il est vraisemblablement jap.

Je tube au Vieux qui est dans tous ses états parce qu'on vient de foutre le feu à l'ambassade du Japon! Ah dites donc, cette fois, le péril jaune, c'est plus des bobards!

Existe-t-il un lien entre la disparition d'Hector, celle présumée de Pinaud et l'assassinat de la jeune fille? Je suis porté à le penser. Comme ça, d'instinct. Ce qui me trouble, c'est que cette gosse ait été abattue devant chez Bérurier. C'est cela qui est suspect. Il habite une rue peinarde, le Gros. Tout est bizarre dans cette aventure, ne serait-ce que ce meurtre en Cadillac. Les gens qui jouent les Ravaillac fauchent en général une voiture de série pas voyante... Je suis persuadé que le passager meurtrier a agi, pressé par le temps. Il avait son avion à prendre, et il devait liquider cette gosse coûte que coûte.

Je lève le doigt et ma charmante hôtesse s'empresse.

— Combien de temps dure l'escale de Rome?

— Quinze minutes, monsieur.

— Merci.

Je sors mon stylo à injecteur direct, j'arrache une feuille de mon carnet et me mets à composer un message...

***

Roma ! Bérurier s'arrête de ronfler et je lui dis d'attacher sa ceinture. La ville éternelle flamboie, là-bas, au creux de l'horizon. En quelques minutes nous la survolons, puis nous nous posons impeccablement.

— Ne bouge pas d'ici ! dis-je au Mastar.

Il bégaie :

— Tu descends ?

— Quelques minutes seulement.

— Rate pas le coche ! Qu'est-ce que j'irais foutre tout seul au Japon ? Je connais personne là-bas. La capitale, c'est bien Oslo, n'est-ce pas ?

— Exactement.

Il hoche la tête.

— Elle me fait marrer, Berthe, quand elle dit que je suis nul en géographie !

Je bombe tout droit au poste de police de l'aéroport. Un ami à moi y travaille, l'inspecteur Canelloni. Par veine, il vient juste de prendre son service et son visage s'épanouit en m'apercevant.

— Le signore San-Antonio dans nos murs ! s'écrie-t-il.

— Dans vos nuages seulement, je ne fais que passer à tire-d'aile. Dites, cher vieux, je suis sur une affaire du tonnerre de Zeus et je vous serais reconnaissant de bien vouloir câbler ce message en urgent.

Il prend la feuille de carnet à reliure spirale et lit laborieusement.

Prière vérifier propriétaire Cadillac parking Orly plaque immatriculation boueuse, stop. Chercher parmi les Parisiens nommés Helder celui qui fréquente une Asiatique et le surveiller étroitement, stop. Chercher identité jeune Asiatique assassinée rue de Bérurier, stop. S'assurer si Pinaud toujours pas reparu, stop. Communiquer renseignements à bord avion en utilisant Code 14, stop. Merci. San-Antonio.

J'ai l'air de donner des ordres au Vieux. Peut-être que ça va le vexer, mais je m'en tamponne le coquillard.

Poignée de pogne à Canelloni. Je retourne à l'avion. Comme je vais gravir la passerelle, une ravissante dame d'une trentaine d'années, belle à faire damner un saint et pourvue de tous ses accessoires, s'approche de moi.

— Commissaire San-Antonio? souffle-t-elle.

— Oui, aspiré-je.

Elle me remet une big enveloppe.

— De la part de l'ambassade de France, d'après des instructions de Paris.

Je chope l'enveloppe et je virgule à la messagère mon regard incandescent N° 609, celui qui provoque des divorces et des incendies de forêts.

— Vous ne prenez pas l'avion avec moi? je risque, plein d'espoir.

— Non.

Elle a un gentil sourire. Sa bouche, faudrait pouvoir s'en faire un collier.

— Dommage!

La vie est pleine de rencontres rapides. Un regard, un sourire, des promesses informulées, et puis bonsoir...

Je salue la personne et je vais reprendre ma place. Béru redort. Quand il ne se bat pas ou qu'il ne mange pas, il roupille. C'est un don, un apostolat, une mission sacrée, une vocation. Il est fait pour pioncer comme le derrière de Mlle Brigitte Bardot pour être photographié.

Je décachette l'enveloppe et j'y trouve deux passeports munis d'un visa en règle for Japan. Ce qu'il y a de formide avec le Vioque, c'est qu'il est puissant et actif. Avec sa pomme, les difficultés se dénouent aussi facilement que le slip d'une respectueuse.

Je planque les documents dans mes vagues et nous redécollons. Béru n'a même pas dégrafé sa ceinture pendant la halte romaine et il ne s'aperçoit de rien.

***

— Où qu'on est, San-A.? questionne l'Enflure après des heures de ronflette.

— On survole l'Iran, à ce qu'il paraît, Gros.

— L'Iran du Shah?

— L'Iran du Shah et du rhâ Dada.

— Au poil, mais je croyais qu'on allait survoler la Perse?

— C'est kifkif, mon z'ami.

Le Gros, après un temps de réflexion, risque son bon mot de l'année : « On peut dire qu'on connaît des hauts et des Farah Diba! »

— Excellent, approuvé-je sombrement, tu devrais le classer dans ton répertoire.

Il enchaîne :

— L'autre soir, à la télé, on a eu une pièce marrante sur la Perse. C'était une espérience en cacophonie. Fallait se carrer un poste de radio dans le dossard. Moi, j'ai pas pu choper le poste qu'ils disaient; mais j'ai réglé ma radio sur Andorre. Ils ont donné des baths chansons d'avant-guerre : « Les Beaux Pyjamas » « Elle m'a fait pouët-pouët », etc. Ça cadrait drôlement bien avec la pièce d'Achille.

— D'Eschyle?

— Echine ou Achille, c'est du kif, te gourre pas, c'est du pneudomyne. A mon avis c'était une pièce d'Eschyle Zavatta : y z'avaient tous des masques, et puis au lieu de causer, ils chantaient. Ils avaient la voix perçante, mais je me demande si c'étaient des vrais Perses. Très marrant, je te dis. Y a un mec qu'est venu annoncer qu'ils s'étaient fait repasser par les Grecs. Tu vois le genre? Un peu leste, quoi!

Berthe était choquée, elle voulait écrire à la télé pour protester, c'est bien dans ses manières. Elle disait que des gaudrioles pareilles, c'est bon chez les chansonniers mais qu'à la télé c'est déplacé. J'y ai dit : « Garde-toi z'en bien, malheureuse! Après, on aura droit à des pièces de Claude Paudel... »

Nouvel atterrissage. Une demi-plombe d'arrêt pour permettre de remplir les réservoirs du zoizeau. Cette fois, tous les passagers déhotent en direction du buffet. Le Gros me dit qu'il a faim.

— C'est quoi comme patelin, Tonio?

— Téhéran.

— On y bouffe bien?

— J'ignore, mais ici t'illusionne pas, la cuistance, c'est surtout à base de pétales de rose.

Bérurier secoue la tête et son sombrero à grelots fait un bruit de troïka sur la piste blanche.

— Tu sais, les roses, j'ai rien contre si elles sont frites à l'huile et servies comme garniture avec une entrecôte marchand de vin.

Un peu plus tard, il pousse un drôle de naze, mon fringant coéquipier. Comme tortore, il doit se contenter d'un sandwich plus éculé que les tatanes du Saint Curé d'Ars. Pas content, il est, le Boulimique.

— Ce jambon, ronchonne-t-il, on l'a taillé dans un cochon qu'avait une jambe de bois, c'est pas possible! Ah! Dis donc, je comprends que le Shah ait du mal à se faire des héritiers s'il briffe pas mieux. C't' un Shah de gouttière!

— Au lieu de fulminer, dis-je, tu ferais mieux d'examiner les passagers pour essayer de repérer notre homme!

Bérurier hausse les épaules.

— Notre homme, je l'ai vu que de trois quarts, mon pote.

— Il était habillé comment?

— Il avait un imperméable sombre.

Mon regard fait un tour de buffet, et sélectionne au passage six voyageurs vêtus d'un imper sombre. Je mentionne le fait au Gros.

— Ça circoncit déjà les recherches, convient-il. Attends, je vais les mater de plus près.

Grâce à son accoutrement, il passe inaperçu, mon Valeureux guerrier. Qui donc se douterait que ce burlesque, ce grotesque, cet ahurissant personnage, est un éminent flic des Services spéciaux (ô combien!).

Qui donc a la gamberge assez hardie pour imaginer pareille extravagance?

Le Mastar fait le tour du buffet comme un papillon, souriant aux dames et clignant de l'œil aux messieurs qui le dévisagent.

Quand il revient, son siège n'est pas complètement fait, mais du moins a-t-il encore limité le champ du doute.

— Ecoute, San-A., le jules qu'il est question, c'est soit le type qu'est au comptoir, là-bas, soit çui qui cause à l'hôtesse de l'air, ou peut-être alors le mec qui se boit du thé, tout seul à la table; tous les autres on peut les illuminer sans arrière-pensée.

— Eh bien, que voilà donc un résultat tangible, dis-je.

Au moment de douiller nos consommes, je m'aperçois que je n'ai que de l'artiche français. Et que j'en ai peu. Le Vioque a pensé aux passeports, mais pas aux devises. Et pourtant, il a le culte de la devise, ce cher Tondu.

J'en suis là de mes constatations lorsqu'un type à mine préoccupée fait son entrée dans le buffet. Il va de table en table et finit par s'arrêter devant la nôtre.

— Monsieur San-Antonio?

— Un peu, oui!

— Paris me charge de vous remettre ceci.

La même formule à Téhéran qu'à Rome; presque la même enveloppe, mais pas le même contenu. Celle-ci renferme une liasse de dollars épaisse comme le sabot d'un cheval. Et ce sont des talbins de dix!

— Quoi t'est-ce? s'informe le Gros.

— Un miracle, fais-je. Nous sommes au pays des Mille et une Noyes, Gros.

Je remercie le malingre et il s'éclipse comme il est venu. Le haut-parleur nous conseille de regagner le zinc. La nuit est douce, vachement étoilée.

— Qu'est-ce tu regardes? s'inquiète le Colosse. T'as peur des satellites?

— Je cherche à apercevoir un tapis volant, mais ils n'ont pas dû allumer leurs feux de position !

Le Gros se claque les jambons.

— Sacré San-A. ! Est-ce qu'on voit des cloches dans le ciel de Rome?

— Non, conviens-je, c'est bien pourquoi on est obligé d'emmener les siennes avec soi.

Il rit d'abord, puis son visage s'aplatit comme une bouse de vache parvenue à destination.

— C'est pour moi que tu dis ça?

***

Le voyage continue. Les heures coulent, les kilomètres s'engloutissent dans la nuit du monde. Bérurier ronfle ou bouffe des collations.

Nous approchons de Karachi lorsque la ravissante hôtesse de l'air au visage jaune et rond comme un plat d'offrande m'apporte un câble codé. Je la remercie et je me mets à transcrire le message du Vieux. Ça me prend une bonne demi-heure. Et, puisque je n'ai pas de secrets pour vous, j'obtiens très exactement ceci :

Plus trouvé trace Cadillac parking Orly. Stop. Découvert votre Helder. Stop. C'est un riche expert philatéliste. Stop. Etait l'ami jeune Asiatique assassinée. Stop. Mais possède alibi irréfutable. Stop. Aucune nouvelle Pinaud. Stop. Soyez prudent au cours de votre enquête. Stop. Si,

Japon, avez besoin assistance adressez-vous Gilbert Roult, correspondant France-Presse, Tokyo. Stop. Votre affaire peut être en relation étroite avec attentat ambassade Japon. Stop. Amitiés. Pas Stop.

Je relis le message à trois reprises avant de le déchirer en menus morceaux que je brûle dans le cendrier de mon fauteuil. Le jour commence à poindre dans un lointain faramineux. Tous les passagers de l'avion en écrasent. Parmi eux, un assassin mystérieux. Mais lequel est-ce? Il faut absolument que nous démasquions l'homme avant d'arriver à Tokyo.

Oui, absolument.

Je file un coup de tatane à Béru. Il ouvre un store et émet un grognement qui n'est pas sans rappeler les chutes du Niagara se déversant dans un conduit d'évier.

— C' qu'y a?

— Je viens de prendre une décision, Gros.

— On fait demi-tour?

— Non.

— Dommage. Je pense à Berthe, elle doit se demander ce que je fabrique. Moi que je lui avais promis de remonter illico.

— Béru, il faut absolument que nous découvrions l'assassin. Il est inadmissible que nous volions des heures dans le même zinzin que lui sans rien faire pour le démasquer.

Le Gros agite les grelots de son sombrero.

— D'ac; mais je vois pas le moyen!

— Moi, je l'entrevois, dis-je.

— Quel est-ce?

— Je vais essayer de le débusquer en lui filant les grelots.

— De quelle manière?

— Tu vas voir ça à la prochaine escale.

— C'est-à-dire.

— Calcutta.

Le Gros n'insiste pas.

— Calcutta, c'est bien au Danemark? murmure-t-il d'un ton indécis.

— Naturellement.

— C'est ce qui me semblait. On a beau dire, mais l'instruction ça reste. On ne sait pas toujours, mais quand on sait, on sait.

Sur ces paroles bien senties, il s'offre un nouveau roupillon. Que fait alors le ravissant commissaire San-Antonio, mes chéries? Il arrache une nouvelle page de son carnet. Il divise le feuillet en trois parties sensiblement égales et sur chaque morceau de papier il écrit :

Il a été pris en venant chercher la Cadillac. Tout est découvert.

Ceci fait, je plie chacun des messages et je les range dans ma fouille en attendant l'escale de Calcutta.

Si celle de Karachi a été brève, par contre celle de Calcutta dure quarante minutes et les passagers en profitent pour se dégourdir les cannes. J'attends qu'ils soient tous sortis en faisant semblant de pioncer, ensuite de quoi je vais placer mes messages sur le dossier de chacun des trois voyageurs suspects. Ceci fait, je rejoins discrètement les autres au buffet. Bérurier est aux prises avec le garçon. Ayant appris que nous étions dans l'Inde, il exige une entrecôte de vache sacrée pommes pont-neuf, mais le loufiat proteste et parle d'appeler la police pour faire alpaguer le sacrilège.

J'ai toutes les peines du monde à rétablir l'ordre. Nous nous contentons de boire un lait de tigre. Béru est maussade. Il dit qu'il en a marre de l'avion, que ce voyage dure trop longtemps et qu'il a pris froid. Je le secoue en lui parlant du Pays du soleil levant. Les geishas, l'alcool de riz! Je fais miroiter, histoire de le doper.

On repart.

En regagnant ma place, je surveille, mine de rien, mes trois bonshommes. Ils ont chacun une réaction très différente. Le premier trouve le papier, l'examine, et appelle l'hôtesse en lui demandant des explications. Le second regarde aussi le papelard et le montre à sa compagne de voyage comme s'il ne lisait pas le français et voulait se le faire traduire. Le troisième enfin lit également le poulet et il le jette dans son cendrier sans marquer la plus légère contrariété.

J'ai idée que le San-A. est marron comme la

forêt de Marly au mois de novembre. Au fait, qu'espérais-je? Ces Asiatiques ont un drôle d'empire sur eux-mêmes (celui d'Hiro-Hito).

Nous revoilà à six mille mètres avec un Béru en pantoufles et sombrero qui dort, et des milliers de bornes à parcourir avant de se poser au Japon.

Une fois là-bas que ferai-je? Je dégode, mes amis. Ça fait comme lorsque au cours d'une biture on décide de partir en voyage et qu'on se retrouve dans le train avec la gueule de bois, en ne comprenant plus très bien pourquoi on a fait ça.

Un temps assez longuet s'écoule. C'est beau, l'aéronautique, seulement ça n'est pas varié. Je m'assoupis. Je songe à ma pauvre Félicie qui est sans nouvelles. Je lui ai bien dit que j'ignorais à quelle heure je rentrerais, mais tout de même! Elle a dû passer la nuit à m'attendre, la chère vieille. En voilà une qui doit avoir le battant à toute épreuve pour ne pas mourir d'embolie.

Comme je m'endors pour de bon, je suis éveillé par une légère effervescence du côté des toilettes. Les hôtesses cavalent vers le poste de pilotage. Le commandant de bord radine. Je pige qu'il se passe de l'insolite et je me lève pour aller mater ça sur place. Je réalise l'émoi des Miss Safran. La porte des ouatères est fermaga de l'intérieur, mais, au ras du plancher, une petite rigole de sang zigzague dans l'allée. Le commandant Lahoyapadmoto agite la poignée en appelant en japonais. Mais personne ne répond. Il appelle tour à tour en anglais, en français, en allemand, en norvégien, en congolais ex-belge, en aztèque, en bolivien, en péruvien, en finnois, en bulgare, en russe, en ukrainien, en chinois, en coréen, en canadien français, en canadien anglais, en suisse romand, en espagnol, en épagneul, en setter irlandais, en bordelais, en bègue, en sourd-muet, en morse et en latin, macache : nobody.

M'est avis que la parole est aux actes. Je fais signe à l'officier de s'écarter et, d'un coup d'épaule, je fais sauter la serrure chétive du mince panneau de contre-plaqué.

Un spectacle stupéfiant nous apparaît alors.

Le troisième voyageur à qui j'ai adressé le billet (celui qui l'a jeté dans le cendrier) est là, assis sur l'abattant de la cuvette. Il a encore les deux mains crispées sur le manche d'un poignard japonais qu'il a eu le courage de se plonger dans le buffet. Il y a un foulard blanc autour de ce manche, un foulard maintenant rouge de sang. Et le gars est mort comme il n'est pas permis.

Les petites hôtesses virent au vert comme si on venait de les badigeonner au bleu de méthylène. Le commandant Lahoyapadmoto semble extrêmement préoccupé. On le serait à moins. Il bonnit des trucs en jap aux souris, puis me considère d'un œil mécontent.

— Je suis journaliste, dis-je. J'appartiens à l'Agence France-Presse de Tokyo.

Il hoche la tête.

— Harakiri, me dit-il.

— Je vois.

Les autres passagers, eux, n'ont rien vu.

— Ecoutez, fais-je, ça n'est pas la peine de jeter l'émoi à bord. Si vous voulez, nous allons envelopper le défunt dans une couverture et le porter dans la soute à bagages.

Je lui mets du baume dans le cœur. Du coup sa physionomie se décrispe un peu.

— Vous êtes très aimable, monsieur.

— C'est la moindre des choses.

Fracas! C'est le Gros qui, venant aux nouvelles, s'est pris les targettes dans ses bretelles et vient de s'étaler.

Il se relève, le sombrero cabossé.

— Qu'est-ce que c'est que ce b...? demande-t-il.

Le commandant lui fait front.

— Harakiri, souffle-t-il.

Béru lui saisit la main et la secoue.

— Et moi Benoît-Alexandre; enchanté!

Ce faisant, il avise le mort dans son étroit local.

— Qu'est-ce qu'il a, cézigue, me demande le Mahousse, de l'embarras gastrique?

Je lui fais signe de la boucler.

— Il s'agit d'un suicide. Nous allons éviter de jeter la panique à bord. Ces demoiselles vont nous donner une couverture dans laquelle nous envelopperons cet homme et nous le porterons dans la soute à bagages.

— Ça y est! Croque-morts, à c't heure! rouscaille le Gravos. Faut se met' à toutes les sauces dans ce...

Nouveau regard charbonneux de San-Antonio. Il la boucle. Le commandant Lahoyapadmoto me touche le bras.

— Il reste une cabine de libre, ce sera mieux que la soute.

— Entendu. Ne vous préoccupez de rien, commandant. Au contraire, allez plutôt distraire les passagers en les entretenant du paysage.

— Je ne sais comment vous remercier, monsieur. Ce fâcheux incident est si inhabituel...

— Je m'en doute.

On se sépare. L'une des petites Fleurs de Loto m'apporte une couvrante, une autre me désigne la cabine vide dont à propos de laquelle le commandant m'a causé.

Je leur conseille, comme au commandant, d'aller voir ailleurs si les passagers y sont tranquilles et nous ensevelissons le cher défunt.

— Quelle idée qu'il a eue, ce zigoto, de se faire une césarienne? s'informe Béru.

Je murmure en fouillant consciencieusement les poches du mort :

— C'est en quelque sorte moi qui l'ai tué, Gros.

— Qu'est-ce tu débloques?

— C'est lui notre assassin. Il a lu le message

que j'ai déposé sur son siège lui annonçant que tout était découvert. Les Japs, tu les connais : le chemin de la gloire et de l'honneur, la torpille humaine et tout le bigntz. Il a pas voulu survivre à sa défaite et c'est pourquoi il s'est opéré à chaud.

— Faire ça dans les gogues, c'est pas poétique, remarque Bérurier qui sait se montrer bucolique à ses heures.

Je finis de fouiller le défunt. Je commence par noter son identité. Il se nomme Fouzy Houtusé et il habite : Accent circonflexe-chapeau pointu-carré barré-ombrelle-hameçon et deux accents circonflexes superposés, à Kawasaki, patelin qui se trouve, comme chacun le sait, entre Tokyo et Yokohama. Dans son larfeuille, je trouve des francs français, des dollars et des yens. Je déniche aussi une enveloppe portant une adresse en japonais, un timbre japonais et dont le papier est naturellement du papier Japon. Chose curieuse, cette enveloppe ne contient aucune lettre et elle est elle-même enfermée dans du papier cellophane. Je la cloque dans mon propre porte-cartes en me promettant de me faire traduire l'adresse, ensuite de quoi je remets les fafs et la mornifle du gars en place. Il a sur lui des objets classiques : peigne, clés, canif, lime à ongles, cigarettes et briquet. C'est sans intérêt.

Le Gros qui attend, adossé à la cloison, me demande :

— T'as fini tes besoins, oui? On peut ranger le Monsieur?

— Allons-y!

Nous transbahutons le cadavre dans la petite cabine attenante aux toilettes et l'allongeons sur la couchette.

— Dis voir, murmure le Gros, puisqu'il s'est suicidé, l'action de la justice est éteinte, non? On pourrait peut-être descendre à la prochaine et faire demi-tour?

Je réfléchis à la pertinence de sa suggestion; puis, d'une voix nuancée :

— C'est vrai, Bidendum, on pourrait. Mais on ne le fera pas.

— A cause?

— J'ai idée qu'on tient le maillon d'une chaîne. Il faut suivre cette chaîne!

— Un peu brisé, ton maillon! murmure l'Obèse. Enfin, puisque t'as la bougeotte, allons-y.

L'une des petites hôtesses est en train de nettoyer le plancher des ouatères. Je l'aborde avec mon sourire number one, celui qui fait friser la chicorée.

— Sale boulot, hein, mon chou?

Elle me rend mon sourire, car elle est d'une honnêteté aussi foncière que le crédit du même nom.

Quelle mignonne que cette mignonne-là. Elle se relève et je l'attire à l'écart après avoir fait signe à Bérurier de rejoindre sa base.

— Dites, mon lapin, je crois qu'il faudrait aller chercher les bagages du défunt dans la soute. La police va enquêter tout de suite, je connais le travail, et ça faciliterait les choses.

Elle admet. Je l'aide à transporter la valise noire de l'harakirié.

— On devrait jeter un coup d'œil à l'intérieur, fais-je.

— Pourquoi? suçote la douce enfant (elle est toute jaunette!).

— Pour voir. Un homme qui se suicide en avion, c'est pas un homme normal. Un homme qui n'est pas normal ne doit pas avoir des bagages normaux, ce n'est pas votre avis, ma chère?... Au fait, quel est votre nom?

— Yo!

— Ravissant, et ça signifie?

— Hirondelle qui passe dans un lointain tout nimbé de soleil.

— Je comprends que vous vous soyez faite hôtesse de l'air avec un blaze commak.

Tout en la chambrant, j'inspecte la valoche du mort. Bagage honnête. Il y a deux complets, de la lingerie, une robe de chambre, une trousse de toilette. J'ouvre cette dernière. Elle pue le parfum extrêmement extrême-oriental. Elle est pleine de petits flacons, certains contiennent des essences, d'autres des cristaux pour le bain. Ecoutez, mes chéries, vous n'allez pas me soutenir que l'instinct poulardin ça n'existe pas? Voilà qu'au lieu de reboucler la trousse, votre fabuleux San-Antonio débouche un à un tous les flacons pour les renifler.

Parvenu au dernier, je constate qu'il est muni d'une paroi particulièrement épaisse. Ça me surprend. Je le débouche et je regardc. Son contenu est du genre huileux; il est jaunâtre. Et le célèbre San-Antonio qui sait tout, réalise brusquement qu'il s'agit de nitroglycérine. Vous esgourdez bien?

— Vous semblez inquiet, remarque la pertinente hôtesse de l'air.

— Il y aurait plutôt de quoi, ma jolie. Allez chercher le commandant.

La petite Japonaise me considère drôlement, comme si j'étais une ombre chinoise. Mais elle obtempère. Lahoyapadmoto ramène sa fraise (ou plutôt son citron) en deux temps trois mouvements.

— Que se passe-t-il encore? me demande l'officier.

Je lui montre le flacon. Il va pour s'en saisir, mais je l'écarte de sa main.

— Hé, là! Pas de blague, commandant. Si vous faisiez tomber une goutte de ce liquide, vous vous retrouveriez chez vos ancêtres dans la seconde qui suivrait.

— Pourquoi?

— Nitroglycérine!

— Vous êtes certain?

— Absolument. Je ne vous propose pas de vous le prouver, mais vous pouvez me croire.

— Qu'est-ce que ça veut dire?

Au lieu de répondre, je regarde la valise de

Fouzy Houtusé. Elle porte à la poignée quatre étiquettes. Sur l'une est écrit le nom du passager, mais sur les trois autres, il n'y a qu'un mot énorme : « Fragile », en français, en anglais et, je suppose, en japonais.

Moi, San-Antonio, je me gaffe bien de ce que signifie cet explosif. Fouzy Houtusé s'en est muni par mesure de sécurité. Je m'explique : si nous avions un accident d'avion, il voulait être certain que l'appareil serait complètement détruit, vous mordez? Le choc aurait fait détoner l'explosif et on n'aurait pratiquement rien retrouvé. Donc, le harakirié transportait quelque chose de tellement important qu'il ne voulait pas qu'on puisse le découvrir, même après sa mort. Je continue ma petite gymnastique mentale sous le regard bridé de l'officier. Il a pris cette précaution extraordinaire et cependant il s'est suicidé sans faire sauter l'avion. Pourquoi? Parce qu'il pensait que tout était découvert.

Tout quoi? *That is the question.* Donc, le fait d'être découvert changeait tout.

— Cet homme devait être fou, dis-je à Lahoyapadmoto, manière de satisfaire sa curiosité. Seulement, mon cher commandant, il conviendrait de larguer cet explosif au plus vite!

— Rebouchez le flacon! je m'en occupe immédiatement.

Je m'approche d'un hublot et je regarde à l'étage au-dessous. Une plaine immense se déroule à l'infini.

— Ce n'est pas prudent de larguer cela sur des terres. Il faudrait attendre que nous survolions la mer...

Le commandant secoue la tête.

— Aucune importance, fait-il en prenant délicatement le flacon, c'est le territoire chinois.

J'en suis un peu baba. Mais enfin, puisque nous survolons des rizières...

Je retourne à ma place. Le mystère s'épaissit de plus en plus.

CHAPITRE V

Les douaniers japs poussent une drôle de frime en nous voyant déhoter, les mains aux poches, pas rasés et le teint plus plombé que le cercueil d'un ambassadeur décédé à l'étranger dans l'exercice de ses fonctions. Un petit pète-sec (d'ailleurs, il est jaune comme un haricot) nous demande en un français grinçant comment il se fait que nous n'ayons pas de bagages. Je lui explique qu'il y a eu un coup fourré au départ de Paris. Notre taxi s'est renversé. Les bagages se trouvaient dans son coffre, et la fermeture d'icelui étant bloquée, etc., etc.

On finit par quitter l'aéroport et par s'engouffrer dans un bahut. Le chauffeur est un vieux bonze qui pourrait être chinois s'il n'était pas japonais. Je lui ordonne de nous driver jusqu'aux Galeries Lafayette de Tokyo. Il ne jacte pas le français, mais il parle convenablement anglais et nous finissons par nous comprendre.

Le Gravos bigle autour de lui d'un œil maussade.

— Moi, je croyais que c'était comme sur le couvercle des boîtes de loto, me dit-il. Mais ça ressemble à Asnières, tu trouves pas?

— Tout de même! Les maisons sont en papier, Gros!

— Un Asnières en papier, quoi! rectifie Bérurier. C'est fou ce qu'il y a comme populo! Ils étaient pas tous à Hiroshima le jour où que les Ricains sont venus leur larguer le portrait de Rita Havorte!

Il gamberge vaille que vaille et demande :

— Pourquoi t'est-ce qu'on va dans un grand magasin?

— Pour t'acheter des fringues. Tu ne penses pas que tu vas te lancer dans une enquête avec des pantoufles et un bada mexicanos! Sans parler de tes bretelles et de ta recette écrite sur le futal.

— Bon, d'accord. Je voudrais, tant qu'à faire, que tu m'offres un costar en flanelle blanche. Ç'a toujours été mon rêve.

— Mais ça n'est pas le rêve du costar. Le blanc et toi, tu parles d'une mésalliance!

On s'annonce dans un immense bâtiment qui s'appelle toit-pointu, croix de lorraine-penchée, accent circonflexe à trois étages, chèque barré et chiffre quatre à l'envers. On y vend de tout : des fleurs de lotus en sachet, des avions à réaction, des équerres optiques, des motoculteurs, de la cire à cacheter, des tortues de mer et de père inconnu, des émerillons, des embryons, des castagnettes, des éléphants blancs à poil ras, des basanes, des bananes, des auxiliaires, des princes consorts, des avalanches, des autoroutes, des clés de contact, des gousses, des cratères, des excavateurs, des excavations, des fjords, des hennins, des limandes, des mémorandums, des orchestres philharmoniques, des périssoires, des rez-de-chaussée, des étables, des retables, des loups-garous, des sécateurs, des rabbins, des tomahawks, des tonsures, des vieilles, des vielles, des veilles de fête, des ramponneaux de course, des pélicans lassés d'un long voyage, des brouillards du soir, des colibris communs, des onagres, des podagres, des onces, des nonces, des annonces classées, des homards, des Américains, de la radio-activité, des Hiroshima mon Amour, des granulés, des factotums, des albums, des angles faciaux, des compteurs à gaz, des déchaumeuses, des chômeurs, des freins à disque, des gouvernements provisoires, des défenses de rhinocéros, des défenses d'afficher, des feuilles de rose, des armes, des sonnettes d'alarme, des roupies, des houppettes, des articles ménagers, des articles du Figaro (au rayon des soldes), du papier vécé, des seins, des anneaux, du Martini, de la côte de mouton, de la côte-d'Ivoire, des lentilles concaves, des lentilles concassées, des lentilles aux saucisses, des bains de pieds, des Cubains, des mikados, des cadeaux entiers, des colliers de perles, des perles de culture, des Pearl Harbour, des couteaux à harakiri et des fringues assez grandes pour Bérurier.

Il le tient, son bath costar blanc. On dirait un premier communiant ou un veuf tiré en négatif. Il étincelle au soleil d'Extrême-Orient, mon Béru ! On se paie des valoches et du linge de rechange afin de pouvoir descendre dans un hôtel sans être obligé de raconter sa vie.

Ce que j'ai pu en acheter, des bagages dans des cas de ce genre ! Les mecs, entre nous et la hausse sur le bifteck, combien de fois m'avez-vous vu démarrer sur une affaire avec pas même une brosse à dent rotative dans la poche? Hein? Souvenez-vous : le Congo, l'Ecosse... etc. Fallait commencer par acheter une valoche vite fait pour se donner l'air honorable. Parce que c'est ça, le standinge : la façade. Un bath costar, une chouette baveuse sortie du cocon et signée Fath, une valtouze en peau de porc et on vous traite en mylord. Mais ayez un falzar fripé, et on vous traite en arsouille !

On est rupinos, quoique pas rasés, quand on s'annonce au Fu Ma Ga, le super-palace de la ville. C'est du building impressionnant, avec l'eau chaude sur l'évier et un liftier habillé en garçon d'ascenseur. L'hôtel se dresse au milieu d'un immense jardin japonais à la française.

On se prend deux chambres rupinos, avec vue par la fenêtre, cabinet de toilette, en papier sulfurisé, lit en bambou refendu et moulinet à tambour, etc. Une vraie débauche ! Notre installation terminée, notre système pileux ratissé, nous décidons d'aller bouffer car le Gravos pleure déjà la faim.

Il y a justement dans le palace un restaurant de luxe où l'on peut consommer de la cuisine japonaise. Béru demande s'il y a au menu des pattes d'alligator farcies, mais on lui répond que le plat du jour c'est « les ailes de libellules sauce aux câpres ». Il veut bien essayer. On commande en outre du foie de moustique grand veneur, des rognons de sauterelles flambées et du cœur de nénuphar à la tomate.

La cuisine japonaise offre cette particularité, c'est qu'on est obligé de se la terminer soi-même. Sur chaque table, il y a un réchaud que le garçon vous allume au début du service et vous mijotez votre tambouille vous-même. Comme chez soi, quoi! Et comme ajouterait mon ami Fernand Raynaud, c'est à se demander pourquoi on est allé au restaurant. Néanmoins, l'aspect maître queux du repas n'est pas pour déplaire au Gros. Il s'amuse comme un petit fou, notre Béru. La dînette, c'est son vice.

Le loufiat nous demande ce que nous désirons boire. Béru opte pour de l'alcool de riz. On nous en sert donc une carafe que l'Enflure se cogne allégrement.

— Tu aimes? je demande, soucieux d'avoir son appréciation.

— Ç'a un peu le goût de la chose, mais c'est fameux, rétorque mon noble coéquipier.

Avisant sur la table une seconde bouteille, il la hume et s'en sert un godet. Puis il clape de la menteuse et déclare :

— Çui-là, tu devrais le goûter, il est plus mieux bon, San-A.

— Non, merci. Je crois en définitive que je vais boire de la bière.

— T'as tort, rigole le Multiplié par Dix en se versant un deuxième godet. Ça, c'est de la first quality, du nanan, du nector, du heug!

Son premier hoquet sur gazon! Ça promet. Il a les pommettes qui flamboient, le regard qui poudroie, la langue qui verdoie. Une douce euphorie l'envahit. Il biberonne le contenu de la seconde boutanche aussi facile que celui de la première.

C'est à ce moment-là que le loufiat radine avec les mets. Il allume le réchaud, mais la mèche refuse la flamme qui lui est présentée, comme une vache refuserait le taureau s'il ressemblait à Benoît-Alexandre Bérurier. Lors, le serveur décapuchonne le réservoir, retire la jauge et constate qu'il ne reste plus de carburant. Il saisit la bouteille que Béru vient de siffler et, s'apercevant qu'elle est vide itou, se met à pousser une bouille qui ferait peur à un magot chinois.

— Qu'avez-vous, mon ami? je demande.

— La bouteille était pleine d'alcool à brûler, qu'il soupire, le pauvre biquet.

Béru fronce les sourcils.

— C'était de l'alcool à brûler?

— Mais... oui!

— Sur l'alcool de riz, ça n'est pas mauvais, affirme le Gros.

Et comme l'autre demeure pétrifié, il explose.

— Ben quoi, me regardez pas comme ça! Vous z'aurez qu'à la mettre sur la note. Tout le monde peut se gourer, non?

— Bien, Monsieur, balbutie notre amphitryon 38 (c'est la pointure de ses godasses).

Béru se calme et, d'un ton confidentiel, questionne :

— Vous pourriez pas demander au sommelier si qu'il aurait pas une bouteille de beaujolais quèque part? C'est pas que je soye contre la cuisine érotique, mais quand on a ses habitudes...

***

C'est un Béru rond comme un boulon que j'emmène au dodo.

Il est content du Japon, le Mastar. Il s'endort comme un bienheureux. Et je dois admettre que j'en fais autant. Pour attaquer une enquête dans de bonnes conditions, il faut être neuf, mes amis.

Le lendemain, je m'éveille tôt. Je calcule l'heure qu'il est à Paris, ça doit aller chercher dans les onze plombes du soir. J'ai malgré tout des chances de trouver le Vioque. Je risque un coup de grelot. Comme toujours je l'obtiens. Vous le savez, des bruits courent à la grande Cabane à propos du Dabe. On prétend qu'il pieute dans son burlingue. Je crois que la vérité est plus simple. Quand il quitte la maison mère, les P. et T. lui branchent sa ligne de bureau à son domicile. Cette explication me paraît plus rationnelle, pas à vous, tas de manches à quenouille? Tant pis. Donc j'ai le Vioque. On ne se perd pas en bla-bla car la communication va chercher dans les trente-cinq mille anciens francs la minute, ce qui donne du prix à votre salive.

Je lui raconte le coup de Fouzy Houtusé et de la nitroglycérine. Il me dit qu'on ne sait rien de Pinaud, non plus que de mon cousin. L'ambassade du Japon à Paris a entièrement flambé. Il y a deux blessés graves, on sait que l'incendie a été allumé par une main criminelle et on file toujours de très près le dénommé Helder. Voici le point tel qu'il se présente ce matin. Je demande au Daron de prévenir Félicie, il me répond que c'est fait. Cher homme! Il pense à tout. On raccroche. Notre conversation par-dessus l'univers n'a duré que soixante-douze secondes.

Je passe dans la turne de Béru. Je crois m'être gouré de carrée et être entré dans la chambre d'un Japonais; mais un ronflement familier à mes trompes d'Eustache m'indique qu'il n'y a pas du tout maldonne. Intrigué, je me penche sur le lit de l'Enorme. Le Gros a changé de couleur. Il est d'un jaune canari très affirmé. Je le réveille et il me sourit.

— Comment te sens-tu? je m'inquiète.

— Impec, bâille Béru.

— T'as pas mal au foie?

— Quelle idée! Pourquoi t'est-ce que j'aurais mal au foie?

— Parce que tu es jaune comme une bouillabaisse, mon chéri.

Il se lève et, tout en grattant véhémentement la partie la moins noble de son démocratique individu, il va contempler sa vitrine dans la glace du lavabo. Ça lui colle une secousse.

— Mais qu'est-ce qui m'arrive?

— C'est l'alcool à brûler d'hier. Il t'aura déclenché une jaunisse.

Ça ne l'émeut pas.

— Probable, oui. Je vais passer inaperçu. Le rêve, pour se payer une jaunisse, c'est de vivre au Japon. J'ai de la chance dans mon malheur.

— On va tout de même appeler un toubib.

— Tu crois?

— Ce sera plus prudent.

Je bigophone à la réception et je leur dis de nous adresser le meilleur toubib du quartier. Celui-ci ne tarde pas à s'annoncer. C'est un tout petit zigoto à barbiche de bouc salace, maigre comme un rayon de vélo, et affublé de lunettes à monture d'or.

Pendant qu'il examine mon compère, je descends interviewer le portier. Je lui montre l'enveloppe que j'ai trouvée sur Fouzy Houtusé et je lui demande de bien vouloir me la traduire du japonais. Le gars se caresse le lobe d'un air circonspect.

— Ça n'est pas du japonais? m'enquiers-je.

— Si, mais...

— Mais...

— C'est du japonais sûrement ancien. Je ne comprends pas très bien... On ne fait plus les caractères de cette façon, maintenant, et...

— Il n'est pas tellement ancien, puisque cette enveloppe porte un timbre!

— Je ne saurais vous renseigner, monsieur. Mais vous devriez demander une consultation au libraire de la rue voisine. Il vend des éditions anciennes et pourra peut-être vous être utile.

Je dis merci au gnace, lui cloque un pourboire et remonte prendre des nouvelles de Béru. Comme je sors de l'ascenseur, je perçois des hurlements, des coups, des plaintes... Cela provient de la chambre du Gros Lard. Je fonce, bille en tête.

Quel spectacle! Le docteur est groggy au milieu de la pièce, sa chemise est déchirée, sa cravate arrachée, il manque une manche à son veston. Il a un énorme hématome sous l'œil droit et deux petits tas de verre pilé ainsi qu'un morceau de fil d'or tortillé comme le capsulage métallique d'un bouchon de champagne furent ses lunettes.

Le Gravos, a loilepé dans la chambre, plus

jaune que sa victime, balance encore son poing de lutteur forain.

— Mais qu'est-il arrivé? mugis-je.

Mon compagnon fulmine.

— Qu'est-ce c'est ce pays où que les toubibs sont de la pédale!

Il retourne au docteur et lui virgule un coup de latte dans les côtelettes. L'autre geint. J'interviens :

— Arrête, Gros, et explique!

— Tu vois pas ce ouistiti qui me fait des propositions dégueulasses, à moi Béru! Comme si j'aurais l'air d'en être! Ça se voit donc pas à ma tronche que je suis normal! Que mes mœurs sont avec nature, et pas contre! Hein! Je te demande!

— Calme-toi! Que t'a-t-il dit?

— C'est tellement moche que j'ose pas le répéter, même à toi qu'es un ami de toujours, San-A.!

Comprenant que je n'obtiendrai rien du Molosse, je me penche sur le médecin.

— Que s'est-il passé, docteur?

— Je voulais lui faire de l'acupuncture, balbutie le malheureux.

— Tu l'entends! glapit le Gros. Et il ose le répéter! J'aurais dû me gaffer que les Japs avaient ces mœurs-là! Rien que leur drapeau, au départ : un rond sur du blanc! Tu parles, c'est signé! C'est pas un emblème, c'est un programme!

Je me dépêche d'expliquer au Gros ce qu'est l'acupuncture. Il écoute, renifle, dit « Ah! bon », puis repart dans une nouvelle forme de rogne.

— Je paie pas un toubib pour qu'il me file des aiguilles dans la viande! Vire-moi ce mec-là. Je prendrai de l'aspirine!

Le plus duraille reste à faire : calmer le toubib et l'empêcher d'aller au suif chez mes collègues nippons. Heureusement qu'il parle français. Je lui brode un roman à propos de la maladie nerveuse de Béru. Et je lui colle une poignée de dollars dans la main. Il écrase et s'en va enfin en continuant de gazouiller des jérémiades. A peine vient-il de sortir que je perçois un grand bruit. Privé de ses besicles, il se déplace au radar et il est entré dans l'ascenseur sans s'apercevoir que la cage se trouvait à l'étage au-dessous.

Renseignements pris, il s'en tire avec une jambe cassée, une épaule luxée, le nez écrasé et une oreille arrachée. Ç'aurait pu plus mal finir.

J'annonce au Gros les conséquences de son intolérance et il se contente de hausser les épaules.

— La tête de ce type ne me revenait pas.

Le beau costar de flanelle (encore) blanche fait durement ressortir la jaunisse de mon petit chérubin. On dirait un lis immaculé avec ses étamines d'or.

— Où qu'on va? s'informe l'Aimable Goret.

— Chez un libraire qu'on m'a indiqué, et

ensuite à Kawasaki, à l'adresse du gars qui s'est étripé dans l'avion.

— Quoi foutre chez un libraire?

— Lui faire déchiffrer une adresse... Arrive, et ne t'occupe pas du reste!

La librairie en question est une petite boutique garnie de vitrines dans lesquelles trônent des éditions rares. Nous sommes accueillis par un grand vieillard chenu, vêtu à l'européenne, mais coiffé d'un étrange bonnet en soie noire. Il ne parle pas français, mais murmure quelques phrases d'anglais. Je lui présente l'enveloppe en lui demandant s'il peut nous en traduire le texte.

Il saisit le rectangle de papelard, chausse son nez de lunettes à verres bombés, regarde, puis s'empare d'une loupe et j'en suis à me demander s'il va solliciter la grosse lunette astronomique de l'Observatoire de Tokyo lorsque le bonhomme pousse un cri et laisse choir sa loupe. Il dépose l'enveloppe sur sa table de laque, comme si elle venait d'être portée à l'incandescence. Puis il court vers son arrière-boutique.

— Eh ben, dis donc! fais-je au Gros. Il a de drôles de réactions, notre zouave pontifical.

— Les coliques, tu sais, ça ne choisit pas leur heure, philosophe mon ami.

Nous poireautons une dizaine de minutes dans le magasin. Le vieux rat de bibliothèque ne réapparaît toujours pas. Je suis abasourdi. Que s'est-il donc passé; le pépé jap a eu une secousse en prenant connaissance du texte de l'enveloppe.

J'appelle :

— *Hello! Sir, please!*

Mais c'est le silence. Alors je m'avance vers l'arrière-boutique : personne.

Une seconde porte livre accès à un salon. J'y vais en continuant d'appeler. Et mon dernier cri me reste dans la gorge.

Le vieux libraire est assis en tailleur sur des coussins. Il vient de se faire harakiri. Même cérémonie que la veille dans l'avion : poignard au manche enveloppé dans un linge blanc.

Son sang ruisselle dans les coussins et fait déjà une grande rigole sur le plancher. Le vieux n'est pas encore mort, mais il n'en vaut guère mieux. Un rictus d'agonie convulse sa face parcheminée et ses yeux chavirent déjà.

Le Gros, qui vient de me rejoindre, en reste baba.

— Mais qu'est-ce qu'il a fait? Lui aussi!

— Lui aussi, Béru. Taillons-nous, j'y perds mon latin.

Au passage, je récupère ma fameuse enveloppe dans le magasin.

Dehors il fait doux. L'air sent le géranium et la foule va et vient paisiblement.

Nous parcourons cent mètres en silence, après quoi nous nous arrêtons et échangeons un long regard plein d'une réciproque inquiétude. Sommes-nous dans la réalité ou s'agit-il d'un mauvais rêve?

— Il est devenu dingue, ou quoi, le vieux croquant?

— C'est à se le demander, Gros.

— C'est en lisant l'enveloppe que ça l'a pris...

— Oui.

Nouveau silence. Comme un taxi passe, je lève le bras.

— Où qu'on va? soupire mon ami.

Au lieu de lui répondre, je prends place dans le bahut.

— Agence France-Presse! lancé-je au conducteur. Vous savez où ça se trouve?

Il opine en japonais et démarre.

CHAPITRE VI

Les locaux de l'agence France-Presse sont attenants à ceux du *Nepakokukiveuh,* le grand journal du soir de Tokyo.

Je suis accueilli par une ravissante blonde qui a un regard aussi fripon qu'une édition non expurgée de Gamiani. Je lui demande si elle est française, ce qui est parfaitement superflu, car cette souris ne se fringue pas au Prisunic du coin.

Elle porte (allégrement, divinement, merveilleusement) un petit deux-pièces avec alcôves dont on aimerait découvrir les agrafes.

Elle m'assure que oui, constate que je le suis également et m'affirme que M. Roult se fera un plaisir de me recevoir, pour peu que je veuille bien communiquer ma carte.

Au lieu de ma carte de visite, je lui brade ma carte professionnelle. La môme louche dessus, sourcille, me virgule un regard à la fois surpris et intéressé et finit par écrire dans l'air embaumé du bureau le nombre 8.888.888.888. avec son valseur en s'éloignant.

Vingt-trois secondes plus tard, Roult me reçoit (car j'ai préféré laisser le Gravos dans le salon d'attente).

C'est un solide gaillard aux tempes grises. Athlétique, sympa, jovial, il me présente une paluche large comme une feuille de chou en criant :

— Alors, les poulets français envahissent le Japon?

Nous nous fêlons réciproquement une poignée de cartilages, puis il me désigne un fauteuil et pousse vers moi une boîte de cigares grande comme la malle d'un illusionniste.

— Vous fumez?

— Quelquefois, mais jamais des cheminées d'usine, assuré-je en souriant.

Il me claque le dos en riant. J'ai l'épaule luxée, mais je m'offre le luxe de retenir mon gémissement.

— On en boit un petit?

Je réponds « volontiers » en me demandant de quel « petit » il s'agit. Roult arrache un tableau du mur. En fait, c'est une porte qui dissimule astucieusement un petit bar. Il prend deux grands verres, les emplit aux deux tiers de scotch et m'en tend un.

Je lui annonce alors que je viens de la part du Vieux. Pas surpris, le Correspondant. Il me cligne de l'œil.

— Je vous attendais. Le déplumé m'a adressé un câble. Il paraît que je dois me mettre en quatre pour vous faciliter les choses. Qu'est-ce qui ne gaze pas?

— Mes cellules grises, rétorqué-je. Depuis deux jours, elles font la grève sur le tas.

— Allez-y, je vous écoute. Tchin tchin!

— Jap Jap, réponds-je.

Il rigole de plus belle, me découvrant son clavier universel avec trente-deux touches d'origine. Puis il siffle son verre comme s'il s'agissait d'eau claire et s'en verse un second.

Je me mets à lui narrer l'affaire de A jusqu'à Z. Il m'écoute en poussant des grognements de plantigrade privé de miel. Quand c'est que j'ai fini, comme disait Béru, il fait claquer ses doigts.

— Montrez-moi cette enveloppe.

— J'obéis.

Il prend le rectangle de faf, l'examine comme l'a examiné tout à l'heure le libraire, puis il fait une grimace et me le rend.

— J'espère que vous n'allez pas vous faire harakiri maintenant? lui dis-je.

Roult secoue la tête.

— Sûrement pas. Je dois d'ailleurs vous dire que je ne comprends pas ce qui est écrit. Il semble effectivement que ce soit du japonais, mais un japonais ancien...

— Ancien! Mais l'enveloppe est timbrée!

— Le timbre m'est inconnu. Dommage que le tampon n'ait pas marqué entièrement et qu'on ne puisse lire la date, cela nous aurait fourni une indication...

Il me regarde et s'étonne.

— A quoi pensez-vous, cher commissaire?

Je pense que le gars Helder qui frayait la petite Japonaise bousillée par Fouzy Houtusé est expert en philatélie. Ce timbre mystérieux, sur cette enveloppe plus mystérieuse encore, ne jouerait-il pas un rôle dans cette ténébreuse histoire?

— Je nage un peu. Cette aventure japonaise est un casse-tête... chinois.

Roult me verse encore du raide dans le biberon.

— Ecoutez, venez donc ce soir chez une douce amie à moi, Mistress Takemehall. Elle donne une petite réception intime à laquelle assistera justement le professeur Yamamotokétolabo, un spécialiste des langues anciennes. Vous pourrez lui expliquer votre petite affaire.

Il se fend l'ombrelle et ajoute :

— Même si le professeur ne peut rien pour vous, vous ne perdrez pas votre soirée, car on se marre bien chez Barbara. Son mari était un fonctionnaire à l'ambassade des U.S.A. Il est mort voïci deux ans d'un coup de bambou administré un peu trop fort par un étudiant anarchiste. Barbara n'est pas rentrée dans son pays. Elle fait la foiridon ici et je l'assiste dans ce délicat passe-temps.

Je dis banco. Il me donne l'adresse de sa copine et je le laisse à son labeur.

***

Béru est en plein gringue avec la secrétaire. Cette gosse, vous pouvez la regarder sous tous les angles, elle est photogénique sur toute la longueur du parcours : elle a le regard en amande, le dargif en « X » et les seins en forme de poire. Elle n'a pas besoin de marcher à quatre pattes pour les faire tenir droits, ni de porter des soutiens-gorge en béton.

— C'est fou ce que votre ami parle bien le français, pour un Japonais, me dit-elle.

Derrière elle, le Gros m'adresse un regard significatif et j'écrase. Une fois dehors, il m'explique.

— A cause de ma jaunisse, je dis que je suis du pays, tu comprends. Elle m'a assuré que je ressemblais à l'acteur japonais « C'est-sûr-et-y-a-qu'à-voir ». Drôle de blaze, hein?

Il parle, parle, émoustillé par ces instants passés en compagnie de la belle secrétaire.

— Je crois pas m'avancer en te disant que j'avais le gros ticket croisière avec elle.

— Tu as raison, t'avance pas trop, tu pourrais tomber dans le gouffre de la déception.

— Oh! alors, si tu te mets à causer comme les Japs...

Cette fois, au lieu de fréter un taxi, je vais à l'agence Hertz et je loue une voiture. C'est une magnifique Katchévorno dernier cric. Je prends alors la route de Kawasaki. Nous traversons des quartiers riches, puis des quartiers moins riches, enfin des quartiers pauvres et des quartiers plus pauvres, avant d'arriver aux quartiers extrêmement pauvres. Chose curieuse, même dans les coins les plus déshérités, les Japonais restent propres. C'est la race la mieux lavée du monde, puisque tout le monde s'y baigne une fois par jour.

Nous arrivons à Kawasaki une heure plus tard et, par miracle, je tombe pile dans la rue de Fouzy Houtusé. Il piogeait dans un quartier assez résidentiel. C'est l'ancien Japon qui nous est brusquement découvert. Des jardins adorables, avec de fausses rivières et des cèdres nains, des maisons de papier, des petits ponts, des allées étroites semées de gravier couleur d'émeraude, vous pigez? Béru est émerveillé.

— Ah! si seulement ma grosse verrait ça! soupire-t-il.

Je ralentis et je finis par découvrir la maison de l'harakirié de l'avion. C'est une adorable construction qui se dresse au milieu d'un jardin bien entretenu.

Une barrière haute de treize centimètres l'isole de la rue. Nous la sautons à pieds joints et nous nous avançons vers la porte.

Pas de sonnette, mais un gong. Je file un coup de badaboum sur celui-ci. Ça vibre, mais nobody ne répond. J'ai pigé : il va falloir faire appel à mon sésame. Seulement, mes chers et valeureux zamis, cette fois, j'ai affaire à une serrure japonaise : les plus vicelardes. Je comprends vite que ça n'est pas le pêne d'insister.

— Si qu'on enfonçait?... soupire Béru.

— La porte?

— Non : le mur. Du papelard, ça doit se crever facile?

Tout en parlant, il donne un coup d'épaule dans le mur... et se retrouve les quatre fers en l'air. Le papier, par un procédé que j'ignore, est tendu sur des châssis comme une peau de tambour et il vient de renvoyer le Gros à son expéditeur.

— Impossible, dis-je, c'est comme si tu essayais de casser avec les dents une balle en caoutchouc.

— Apprends t'une chose, me rétorque l'Enorme, c'est que le mot impossible n'est pas français; au Japon moins qu'ailleurs. Ce qu'on peut pas réussir par la force, on le réussit par la ruse.

Un temps, et il ajoute :

— Je te demande pardon...

Et le voilà qui se met... Oserai-je vous le dire? Non, certaine ravissante lectrice m'ayant reproché la crudité bérurienne, j'hésite. Oh! et puis si! Elle me lira tout de même, la charmante lectrice, parce si ça l'a choquée, c'est que ça lui plaît. Les femmes préfèrent la brosse à la peau de chamois.

Eh bien, voilà! Béru, le cher, l'estimable, le

généreux Béru, se souvient qu'il doit une contrepartie à la nature en hommage à tous les liquides qu'elle lui permet de boire. Alors, gentiment, sobrement, consciencieusement, scientifiquement, bannissant toute crainte prostatique, il détrempe un mur avec de la bière filtrée par ses reins (1).

Il a la vessie à l'échelle de son gosier, le brave Béru. L'opération dure un certain temps. Mais il faut voir le résultat. Typhon sur Kawasaki, les gars! Les chaloupes à la mer! Les femmes et les enfants d'abord! Ayant détrempé la cloison, Sa Majesté se rajuste. Fermeture des magasins pour inventaire. En solde le service trois pièces.

— Maintenant, déclare le Bulldozer, on va voir ce qu'on va voir.

Et, en effet, on voit. Il se prend trente-quatre mètres d'élan. Il se place légèrement de profil, l'épaule en avant. Et partez! Ça galope! Il fonce contre le mur de papier, celui-ci cède. Cède-toi, le ciel cédera! Le Gros continue sa marche triomphale à travers la maison. Il parcourt la largeur d'un salon, renversant tout sur son passage. Il crève une autre cloison, maintenant le voilà dans une chambre. Entraîné par son formidable élan, il continue; une troisième cloison de papezingue demande pardon.

Ça claque comme des étendards dans le vent.

(1) Avouez que je m'en suis bien tiré! J'ai réussi à ne pas dire qu'il pissait.

Les voisins croient à un tremblement de terre et commencent à réunir leurs valeurs pour se faire la malle. Maintenant Béru est ressorti de l'autre côté de la demeure. Il franchit une pelouse, renverse la balustrade d'un pont en dos-d'âne et s'abat dans une petite rivière couverte de fleurs de lotus. Fin de parcours! Terminus!

J'aide mon pote à se sortir de la vase. C'est malaisé, because en franchissant ces pièces, il a ramassé autour du cou un merveilleux cadre de bois contenant le portrait du général Di-Gol (1).

Son beau costar blanc est maintenant vert. Vert bouteille, pour préciser, ce qui n'est pas incompatible avec le tempérament du Gros. Il crache trois poissons chinois, ôte les pétales de lotus piqués dans ses oreilles et fait péter quelques solides jurons. Néanmoins, la satisfaction d'avoir vaincu compense la perte de son beau complet.

— T'as vu comment je l'ai eue, la cabane, San-A.!

— Une vraie torpille humaine, Gros. Excepté la bombe d'Hiroshima, le Japon n'a rien connu de semblable.

Les brèches ne manquant pas, nous inventorions la demeure de feu Fouzy Houtusé. Elle n'est meublée que de nattes, de tables basses et de coussins.

(1) Célèbre général japonais au style percutant. Auteur entre autres œuvres de « Au tranchant du samouraï » et d'une biographie complète d'Otto Déterminazion.

— C'est un pied-à-terre pour cul-de-jatte, rigole le Ruisselant. Une niche pour teckels.

Excepté deux sortes d'espèces de commodes, nous ne rencontrons aucun placard. Dans les commodes, il y a des kimonos.

Le Gros me demande la permission d'en prendre un pour Berthe, au titre des dommages de guerre. J'accorde. Après tout, Fouzy Houtusé ne s'en servira plus. Nonobstant des fringues et un service à thé, il n'y a rien dans cette crèche.

— On est venu juste pour dire de m'humecter le prose, quoi! bougonne le Gros.

Mais voici que son visage se crispe et que ses yeux s'agrandissent. Ses lèvres s'écartent comme un couple de limaces en désaccord.

— Qu'est-ce qui te prend, Bonhomme suifeux?

Pas la peine qu'il me fasse un dessin ou m'achète un rétroviseur. Je sens un truc dur et pointu qui s'enfonce dans mes côtes.

C'est pas la première fois qu'on me cloque le canon d'un pétard entre les endosses. M'est avis qu'on s'est laissé fabriquer, le Gros et moi.

Effectivement, une vilaine bouille des plus inquiétantes surgit derrière son Altesse Vaseuse. On a chacun le sien, quoi! Comme ça, pas de jaloux. Le mien, je n'ai pas encore l'honneur de le connaître, mais je me dis que si c'est le frère jumeau à Béru, il a tout ce qu'il faut pour faire passer le hoquet aux jeunes filles émotives. Dans mes cauchemars les plus sinistres, j'ai jamais rencontré de foie-blanc pareil!

Imaginez un individu plutôt petit, mais aussi large que haut, avec des yeux invisibles sous des paupières de batracien. Sa figure est ronde, lisse, plus jaune que l'or le plus jaune. Il a la bouche en accent circonflexe, le nez totalement écrasé, des pommettes très hautes et très enfoncées. Un vrai désastre. Son papa a dû se faire harakiri en découvrant ce machin.

Je suis distrait de mon examen par une main qui s'avance sous mon aisselle et qui se met à palper les poches de mon veston.

Une main effilée, menue, cireuse, atroce. Je me dis que l'occase est inouïe. Je risque tout, mais si les réflexes du quidam démarrent avec seulement un vingtième de seconde de retard, ça peut être payant.

Nous n'avons pas d'arme, ni le Gros ni moi. Déclarer la guerre à ces magots est une entreprise de Titin, comme disait un Marseillais de mes amis. Mais San-Antonio, mesdames, s'il n'est pas sans reproche comme Bayard, est sans peur comme Bayard également. Au moment précis où la main se fourvoie dans la poche intérieure de ma veste, je me mets à tourner comme un toton. C'est fulgurant. J'y vais de toutes mes forces, la tête penchée en bélier, et mon tourmenteur se trouve littéralement plaqué contre moi. Dans le mouvement, l'extrémité de son feu s'est relevée et maintenant l'arme est coincée debout entre nous deux. Je découvre celui qui est aussi brusquement devenu mon vis-à-vis : c'est un jeune Jaune au visage allongé et dont les yeux ressemblent à deux petites cicatrices mal guéries.

Tout cela se déroule en moins de temps qu'il n'en faut à un pyromane pour foutre le feu à une bonbonne d'éther. Je rejette ma tronche en arrière, je ferme les yeux et j'assène un coup de bol fantastique sur la coquille du copain. Je vois une tripotée de chandelles que je n'ai pas le temps de dénombrer.

Mais, comme soporifique, je vous le recommande. Mon agresseur est absolument groggy. Il pantelle dans mes bras et je n'ai qu'à m'écarter pour le laisser choir. Mais je lui rafle son arquebuse avant qu'il ait pris son billet de parterre.

Maintenant, faudrait peut-être voir ce qu'il advient du très honorable Bérurier.

Eh bien, mon Dieu, de son côté, l'enfant ne se présente pas trop mal, je dois le dire. Gagné par mon exemple, il s'est mis à jouer « Fort Alamo » de son côté. Au moment où je me retourne, il finit son gorille à coups de semelles. (Vous ai-je dit que j'ai remplacé ses pantoufles par des souliers?)

Il suffoque sous l'effort, mon Béru chéri.

— Ah! la tante! rouscaille-t-il en essuyant sa belle sueur prolétarienne. Quand c'est qu'il t'a vu chahuter son pote, il a voulu t'envoyer le potage. Alors je lui ai balancé un coup de pied retourné dans les joyeuses commères. On dit : les Japonais, les Japonais! Mais y sont comme les copains : quand tu leur files des gnons dans la salle des fêtes ils sont prêts à demander leur changement.

Maintenant, nous voici avec deux pétards de fort calibre et deux malfrats évanouis. Que faire? Prévenir la police? A quoi bon? Ça pourrait créer des incidents diplomatiques. Il vaut mieux faire sa petite cuistance soi-même. Je fouille les deux hommes. Ils ont des papiers dans leurs porte-cartes, certains sont écrits en japonais, d'autres en nippon, c'est vous dire que je n'y pige rien. Mais voici que je déniche une carte sur zinc écrite en jap et en anglais. Au travers de cette carte s'étale un mot, qui, comme le mot Hôtel, est presque le même dans tous les pays : « Police ». Je reste un peu abasourdi sur le pourtoir.

— Tu as vu, Gros? dis-je à mon faire-valoir.

Il mate les cartes.

— Pas possible! Ça seraient des collègues?

— Ce sont des collègues! Les voisins ont dû prévenir les poulets quand ils t'ont vu casser la cabane.

— Faut qu'on se fasse connaître et qu'on s'escuse, décide Bérurier.

— Je crois qu'il vaudrait mieux les mettre en vitesse pendant qu'ils vadrouillent dans le sirop.

Sinon, on risque d'avoir des paquets d'ennuis, mon Grand Garçon.

— T'as peut-être raison. Au réveil ils vont être plutôt mauvais.

Aussitôt dit, aussitôt fait. Nous cavalons jusqu'à notre bagnole. Une voiture noire de la police est stoppée juste derrière. Il y a un type au volant; il lit un journal, mais il l'abaisse en nous entendant venir. Je vais droit à lui. C'est un petit homme en uniforme, au regard mauvais. Il me pose une question à laquelle je suis — et pour cause — bien incapable de répondre. D'un geste sec j'ouvre la portière. Il porte la main à son ceinturon, mais la rapidité de San-Antonio est proverbiale, on en parlait récemment dans les journaux, à la page des sports.

Je fais une clé... japonaise précisément, au petit homme, manière de lui paralyser le bras. Béru, qui m'a suivi, lui offre en dégustation exprès sa pêche Melba pour réveillon de luxe et le chauffeur se paie un gros dodo à notre santé. Avant de regagner notre brouette, je dégonfle les roues de la voiture de police. Maintenant il nous faut rallier Tokyo en vitesse. Avec une histoire pareille sur les bras, nous allons avoir les pires ennuis. C'est bien notre veine : se coller les matuches japs sur le râble alors que nous nageons déjà dans le cirage.

Si, ce qui est probable, nos victimes ont noté le numéro de la chignole, ils n'auront pas de mal à remonter jusqu'à nous...

C'est l'objection que me fait Bérurier en cours de street.

— Il y a peut-être un moyen de s'en tirer, dis-je.

— Je serais curieux de le connaître, fait le Mahousse.

— Nous allons déposer une plainte pour vol de la voiture.

— Et alors?

— Dans cette déposition, notre qualité de flics sera mentionnée. Ainsi, la police d'ici n'aura peut-être pas l'idée de nous interviewer?

Il admet qu'effectivement c'est la seule solution.

De retour à Tokyo, nous abandonnons discrètement l'auto dans un quartier populeux et nous frétons un taxi pour rejoindre notre hôtel. Au passage, nous allons chez Hertz signaler le vol du véhicule. Ce système est peut-être un peu boiteux, mais franchement je ne vois pas ce qu'on pourrait faire d'autre dans la conjoncture présente.

Une fois dans ma chambre, je décroche le bignou et je demande Roult à l'Agence France-Presse.

— Du neuf? demande-t-il, intéressé.

— Non, mais un coup fourré que je vous raconterai par le menu. Dites, cher ami, si par hasard nous avions besoin d'un alibi, il est bien entendu que nous avons quitté votre bureau voici à peine un quart d'heure, n'est-ce pas?

— Ben voyons. C'est ce que ma secrétaire était en train de me faire observer, ricane-t-il. Vous pensez au petit raout de ce soir?

— Je ne pense qu'à ça.

Je raccroche. Tout de même je ne suis pas très content de l'incident. M'est avis qu'il vaudrait mieux affranchir le Vieux pour le cas où ça se gâterait ici. Je ne tiens pas à visiter en client les prisons japonaises. Je me paie donc une nouvelle communication. Comme le matin, j'ai le cher Boss au bout du fil après une petite heure d'attente. En termes pudiquement voilés (mais il a l'intelligence à fleur de peau) je lui raconte le coup du harakiri puis notre expédition à Kawasaki et ses conséquences. Il me dit qu'il va se mettre illico en communication avec notre ambassade, afin qu'une intervention efficace et rapide puisse être effectuée le cas échéant.

Toujours aucune nouvelle de l'Agence Pinaudère. On se sépare. Jamais je n'ai autant communiqué avec le Tondu que depuis que je me trouve à l'autre bout du monde! Ma note de frais va être aussi salée qu'un baril de morue.

A l'instant où je raccroche, le Gros fait son entrée dans un calbar à fleurettes.

— J'ai donné mon costar à nettoyer et à repasser, dit-il. Avoue que c'est pas de bol! Pour mon premier complet de flanelle blanche... Enfin, j'espère que je l'aurai en fin de journée pour aller à la soirée de la bonne femme amerlock!

Je cimente son enthousiasme.

— Il faut mieux que tu ne viennes pas, Gros.

— Biscotte?

— Parce qu'avec ta jaunisse t'es pas présentable, faut comprendre!

Il se renfrogne.

— Ecoute, San-A. T'es en train de me chambrer. Il y a des millions de gnaces qui sont de la même couleur que moi ici!

— Oui, mais eux c'est naturel. Non, crois-moi, il vaut mieux que tu te reposes... D'ailleurs, ton bain forcé de tout à l'heure, avec ce que tu as...

Il retourne dans sa chambre sans répondre et claque la porte violemment.

CHAPITRE VII

La journée s'achève sans incident. Vers huit plombes, votre mignon San-A., baigné, rasé, amidonné, calamistré, parfumé, quitte sa piaule. Il toque à celle de Béru. Mais Béru est absent. Béru boude et s'est emmené promener sans piper mot.

Je descends dans le hall de l'hôtel et je demande au portier de bien vouloir m'appeler un taxi. Je me sens d'une humeur de dogue. C'est moche de ne pas être dans son élément et de se trimbaler dans un pays qu'on ignore sans au juste savoir ce qu'on y cherche. Une fois de plus je maudis cette fâcheuse impulsion qui m'a fait prendre l'avion de Tokyo. J'aurais mieux fait de rester à Paris pour chercher Hector et Pinaud. Peut-être sont-ils cannés à l'heure actuelle? Et le San-A., pendant ce temps, il estourbit des flics nippons en les prenant pour des truands! Il brandit une enveloppe que personne ne peut déchiffrer. Il regarde des bonshommes se faire harakiri... Il...

— Votre taxi est là, monsieur.

Je me dirige vers la sortie. Au moment où je m'engage dans la porte-tambour, un gros Japonais en costume national la tient bloquée. Je vais pour rouscailler lorsque je reconnais Béru. Un peu beau, le mec! Il a un kimono de soie noire (celui qu'il eut la présence d'esprit d'emporter de chez Fouzy Houtusé) dans le dos duquel un dragon vert crache le feu. Il me fait une grimace. Enervé, je balance un coup d'épaule dans la porte qui pivote. Béru se met à hurler because sa brioche a été coincée entre les pales de la lourde et le tambour. Il se dégage d'une secousse et me rejoint dans la rue.

— J'suis t'y pas sensas, dans cette tenue, San-A.?

Je ne peux m'empêcher de sourire.

— On dirait un vieux moine bouddhiste. En quel honneur t'es-tu loqué ainsi!

— Pour la soirée.

— Quelle soirée?

— Chez l'Américaine. Comme ça, je suis officiellement un vieux japonais de tes amis.

— Mais!

Il se plante devant la portière de mon taxi.

— Ecoute bien ce que je vais te causer, San-A. Avec moi y a pas deux poids deux mesures. Tu m'as charrié dans ce patelin sans que je demande. Y a pas de raison pour que t'aille faire le mirliflore et que moi je me fasse tartir ici. Vu?

Dans le fond, il a raison, le pauvre Gros.

— Tu ne peux pas passer pour Jap, tu ne parles pas la langue!

— Et alors? Puisque je cause français!

— Oui, mais il y aura des Japonais à cette soirée. S'ils t'adressent la parole en nippon, tu auras bonne mine!

— Eh ben, je dirai que je suis Chinois, c'est pas marle! Allez, en route!

Que faire devant cette obstination? Je cède et nous partons.

*
* *

Mrs. Takemehall habite un ravissant appartement dans un immeuble moderne. Nous sommes accueillis par un serveur en veste blanche qui nous drive jusqu'à l'immense salon où la maîtresse de maison se vautre sur un divan pour manœuvres militaires en compagnie de trois autres bonshommes. Car, je l'apprends un peu plus tard, Mrs. Takemehall n'invite jamais les femmes. Elle est misogyne et entend rayonner sur une cour de soupirants de tous âges et de toutes qualités. C'est une grande femme d'une quarantaine d'années, rousse, avec des yeux ardents, des lèvres épaisses, un rire qui fend les cristaux, des gestes brusques et des réactions inattendues. Point n'est besoin de la faire psychanalyser par le professeur Lagamberge, de l'Université de Matière Grise de Trépan, pour comprendre que cette veuve joyeuse est complètement dingue et qu'elle picole autant qu'un régiment polak.

Roult est là, beurré, car il a dû se distiller deux boutanches de scotch en guise d'apéritif.

— Tiens! La Rousse! hurle-t-il. Dearlingue, je te présente le commissaire San-Antonio! Un des cracks de la police française...

« Voilà Barba, San-A. La plus grande sal... des Etats-Unis et de sa banlieue. Tu peux l'embrasser, elle aime ça! »

Prise de contact assez percutante, comme vous pouvez en juger, mes toutes chéries. Je roule donc la galoche parisienne à Barbara, laquelle semble aimer ça et, pour me le faire comprendre, noue ses bras autour de ma nuque et glisse une de ses jambes entre les miennes.

Roult se claque les cuisses.

— Tu t'attendais pas à un phénomène pareil, hein! tonitrue-t-il en se claquant les cuisses.

Le voilà qui me tutoie. Ce zig, j'ai l'impression de l'avoir toujours connu.

— Ordinairement, je passe en attraction et non en lever de rideau, fais-je.

Là-dessus, on revient aux convenances et on exécute le numéro des présentations. On me désigne le professeur Yamamotokétolabo, un vieillard plissé comme un parchemin ancien, et qui détonne sans s'étonner de cette étonnante ambiance de biture et de foiridon. Puis on me présente un vieil Amerlock à la trogne cabossée comme une voiture de stock-car.

— Le père Hiljohn! annonce Roult. Un vieux croquant qui a fait fortune à Tokyo en vendant des bombes atomiques breloques.

« Et puis voici Tay-Donk-Pédhé, un brillant comédien thaïlandais qui fait une belle carrière au Japon dans des rôles de Philippins. »

Je presse des dextres.

— Dear Barbara, fais-je, je me suis permis d'amener un grand ami à moi, Bé-Rhû-Rié, qui mourait d'envie de vous connaître.

L'assistance éclate de rire. Le Gros se renfrogne et j'interroge Roult du regard.

— Je m'excuse, San-A., fait-il, mais en japonais, Bé-Rhû-Rié signifie : Fleur de Nave vinaigrette!

Le Gros est le premier à s'esclaffer.

— Avouez que ça tombe bien, non? Mon pote devait avoir des ancêtres japs, sûrement!

Le whisky se met à couler à flots, faut être un champion de Cayatte (comme dit Béru qui a beaucoup aimé le Massage du Rein) et avoir descendu les chutes du Nid à Garat pour tenir le choc. Tout le monde se met à biberonner en massant plus ou moins ouvertement le valseur de Barbara.

A un certain moment, le professeur jap se met à regarder Béru attentivement. L'acuité de son regard trouble le Gravos.

— Qu'est-ce qu'il a, le père barbichette, à me détroncher commak? s'inquiète mon camarade.

— J'étudie sa morphologie, assure Yamamotokétolabo.

Et il continue à dégoiser en japonais, sur le mode interrogateur.

— Quoi? grogne mon pote, mal à l'aise.

— Vous ne parlez donc pas japonais?

— Il suis chinois!

Sans se troubler, le vieillard se met à dégoiser en chinois. L'incompréhension du Grassouillet ne fait que s'accroître.

— Vous ne parlez pas chinois non plus?

— C'est-à-dire...

Mais les savants, c'est comme les collégiens! lorsqu'ils ont flairé un c... quelque part, faut qu'ils en fassent le siège, si j'ose dire (1).

— Seigneur Bé-Rhû-Rié, parlez votre dialecte d'origine et je me fais fort de trouver votre lieu de naissance.

Le Gros me regarde, éperdu, se recueille et déclame :

— Kécequim' faitar tircekon là!

Yamamotokétolabo fronce ses minces sourcils. Il entre en transe et se met à pousser des petits « Hoïe! Hoïe! », comme s'il prenait son fade. A la fin, il secoue la tête.

— Moi qui me flatte de connaître tous les dialectes de l'Asie, j'ignore cette langue.

— Riendéto nantavec labouilleque ta! affirme Béru.

(1) Et j'ose.

— D'où êtes-vous donc? gémit le vieillard.

— Ne laisse pas chercher le professeur, voyons, protesté-je.

Et je me grouille d'affirmer :

— Il est natif de la Mongolie.

— Mais je connais le parler mongol.

— Oui, mais de la Mongolie extérieure!

— Je le connais aussi!

Béru s'emporte. Et ce d'une voix d'autant plus tonitruante qu'il en est à son dix-huitième scotch.

— Moi, je suis de la vraie Mongolie estérieure; tout à fait, tout à fait à l'estérieur qu'elle est, ma... heug... Mongolie! Maintenant, faudrait un peu écraser sur le sujet, pépère, biscotte tu commences à me cavaler sur les glandes endoctrines!

On se marre bien. Un repas nous est servi. Le larbin nous apporte à chacun un plateau chargé de victuailles. Et c'est le galimafrage général. La môme Barbara est la plus grande pétroleuse des deux hémisphères et de leurs environs immédiats. Elle se cloque des pâtés impériaux dans le décolleté et nous oblige à les consommer sur place. J'ai jamais becqueté à un râtelier pareil. Je commence à me dire que je ne vais pas pouvoir vous raconter la suite, mes pauvres chéries. Cette nana, c'est pas les pompelards de la caserne Champerret qui pourraient l'éteindre.

C'est fête au village pour le Mongol extérieur.

Ce n'est pas un Mongol fier (1). Il a la paluche vagabonde, le Gros. L'Américaine pousse des petits cris énamourés. Elle est tombée sur un gastronome de première... bourre! Déjà que Béru aime la bouffe, alors vous pensez : croquer dans le corsage d'une dame, c'est l'apothéose. Il en oublie les recettes de Raymond Oliver. D'ailleurs ce serait rigolo, une leçon pareille à la télé. Vous l'imaginez, le Raymond, en train de faire une démonstration avec Catherine de mes dix mettraient en branle (les pères de famille nombreuses, les mères maquerelles ombrageuses, les papas gâteaux, les grands-pères gâteux, les pères blancs, les pères noirs, les terres noires, les mères Michel, les Canadiens, les Portugais, les portugaises et les marraines, les titrés, les sous-titrés, les épices-copeaux, les bien-pensants, les malveillants, les mécontents, les adjudants, les fermez-le-ban, les prudents, les suppléants, les subjonctifprésents, les assermentés, les fermentés, les montés-en-graine, les polyvalents, les édifiés, les édifiants, les édifiantes, les fientes, et puis les autres aussi! Beaucoup d'autres!)

A la fin du repas, tout le monde est sénégalais, sauf bibi qui a freiné sur le flacon de rye. Le chanteur thaïlandais pousse la fameuse berceuse

(1) C'est très mauvais, mais je m'inflige le bas calembour pour m'obliger à demeurer modeste. C'est une bonne discipline.

philippine (de cheval) « Kikavumonkontrut » : le père Hiljohn ronfle sous le canapé après s'être déchaussé afin de permettre à ses durillons de se développer, le professeur Yamamotokétolabo arrache les poils de sa barbe et les tresse avec agilité, Barbara déguste les muqueuses de Béru et l'ami Roult contemple la scène avec un louche intérêt. Je me dis que si le Vioque nous voyait, il en aurait les crins qui repousseraient. De la basse orgie, les gars ! J'ai vaguement honte. Je ne me figurais pas la soirée commak. Soudain, le Gros abandonne les labiales de Barbara.

Il est grave. Ses sourcils touffus forment une ligne absolument horizontale au-dessus de ses yeux.

— Je voudrais téléphoner, fait-il doctement.

Mrs. Takemehall lui désigne le salon voisin.

— Allez-y, my dear.

En l'absence du Gravos qui paraît avoir fait sa conquête, elle se rabat sur moi.

— Votre ami est merveilleux ! me dit-elle.

Comme quoi ce voyage au Pays du soleil levant n'aura pas été inutile. L'absence de Béru se prolonge. Un quart d'heure, puis une demi-heure s'écoule. Comme il ne revient pas, je pousse Barbara dans les bras disponibles de Roult et je pars aux informations.

Le Gros est assis à califourchon sur un pouf. Son pif rougeoie comme celui d'un popof enrhumé.

— Mais saperlipopette, dis-je en français du

dix-neuvième, à qui donc téléphones-tu? Tu ne connais personne ici!

— Ici, non. J'appelle Berthe. Elle est pas chez nous, j'ai appelé chez Alfred, elle y était pas non plus. Alfred me dit qu'à Pantruche il fait un temps de chien. Maintenant j'appelle chez mon beauf, à Nanterre.

Il est brusquement sollicité par le téléphone et se met à meugler.

— Allô! Ninette? C'est Benoît-Alexandre! Bonjour... Comment? De Tokyo! (plus fort il reprend :) De Tokyo (et il épelle :) T.O.Q.U.I.O. Mais non c'est pas dans l'Ardèche! C'est au Japon. Oui : le Japon. Vous voyez Madagascar? Eh bien, à gauche... Berthe est là? Bon, passez-moi la...

Un temps. Il se retourne vers moi et éructe.

— Elle y est. On va voir ce qu'on va voir.

(Au téléphone :)

— C'est toi, Berthe?

Des éclats de voix crépitent. Le Gros éloigne l'écouteur de sa trompe d'Eustache et se cure le tympan du bout de l'ongle.

— Ecrase un peu, tu veux? fait-il. Si t'es pas contente c'est le même tarif! Je t'appelle justement pour te dire... Hein?... De Tokyo! Je dis : de Tokyo! Mais non, c'est pas dans les Ardennes! C'est au Japon! Tu sais où qu'il est le Japon? Bon!

« Qu'est-ce que tu débloques, Grosse? »

Il m'adresse une mimique très outrageante pour Berthe.

— Pour venir au Japon? Je suis passé par la porte d'Italie, et d'une... Ensuite j'ai pris l'avion avec San-A. Laisse-moi causer, tu veux! Je t'appelle pour t'annoncer que tout est fini entre nous, Berthe. Tu peux induire une insistance en divorce si tu voudras : je ne rentrerai plus à la cabane! Ici, j'ai trouvé la femme de ma vie, ma pauv' vieille! (Il pleure.) Nature, ça me fait de la peine... Mais quoi, faut bien changer les draps de temps en temps, non?

(Mitraillade verbale de la Gravosse qui fulmine.)

« C'est pas de gueuler qui changera ma décision, ma petite Berthe. C'est la vie, faut t'y faire. Toi aussi, tu retrouveras l'âme sœur!... Hein? Qui que j'aime? Une Américaine que je voudrais que tu la vois! Rousse naturelle! Des châsses qu'on peut pas croire qu'ils soient faits juste pour voir; et puis un corps de déesse! Et elle embrasse que c'en est pas croyable! Que tu verras ça au cinéma que tu... »

(Déclic.)

Le Mahousse me regarde.

— Elle a raccroché, balbutie-t-il.

— Je dois convenir qu'à sa place j'en aurais fait autant!

— Biscotte?

— Son honneur de femme, mon vieux. Et

puis il me semble que tu prends tes décisions d'une manière un peu hâtive...

Mais essayer de chapitrer le Gros quand il est naze équivaut à vouloir déblayer le mont Blanc avec une pelle à gâteau.

Nous revenons dans le livinge et — ô misère! — nous découvrons un spectacle qui laisse Béru baba.

Notre pote Roult est en train de se payer du bon temps avec Mrs. Takemehall. Il lui joue la Chevauchée Fantastique tandis que le ténor tenace tonitrue et que le prof continue de s'épiler, en suivant l'exemple de la Petite Amélie.

— C'est pas possible! balbutie le Gros. Déjà cornard, t'avoueras que c'est une fatalité. J' suis marqué par le destin.

Il retourne à l'appareil et demande l'étranger. Lorsqu'il a le service Europe, il murmure sombrement :

— Repassez-moi Défense 69-69, lamente-t-il.

La noye, ça va vite. Dix minutes plus tard, il a de nouveau sa Berthe!

— Allô! Berthe? Hé! Raccroche pas, ma poule! Ecoute... T'as bien pigé que c'était z'une blague? Au Japon c'est le premier avril aujourd'hui! Oui, c't' un pays qu'est en avance. Le Pays du soleil levant, qu'on l'appelle, alors, on a voulu charrier.

« Parole! Tu me connais, Berthy, tu sais bien que j'ai qu'un n'amour z'au monde! Le jour où que je te tromperai est pas encore prévu dans une calendre de grec. Tiens, je te passe mon commissaire qui veut te causer... »

Il me tend le combiné d'un air suppliant.

— Ecoutez, Berthe, je murmure, on avait fait un pari avec des policiers japonais qui nous ont invités...

La Grosse est en plein délire. Je l'entends écumer à l'autre bout du monde. Elle me dit que nous sommes des voyous, qu'on n'a pas le droit de jouer avec le cœur d'une honnête femme, que ça ne nous portera pas bonheur et que, en tout état de cause, lorsque le Gros rentrera, il aura droit à une dérouillée maison.

— Eh bien, je suis ravi de voir que vous comprenez la plaisanterie, fais-je avant de raccrocher. Je lui dirai; merci, douce Berthe.

« Quelle brave Berthe! ajouté-je en posant le combinourche sur sa fée. Elle m'a dit de te dire qu'elle te pardonnait et que le jour de ton retour elle mettrait les petits plats dans les grands. »

Je redécroche et je demande à la postière préposée aux communications internationales de me donner une idée de l'I.D. Pure curiosité, car je ne me permettrais pas d'humilier notre accueillante hôtesse en lui proposant le remboursement des communications. La demoiselle des Pé-Thé-Thé m'annonce la couleur, je convertis en francs et je pousse un petit sifflement.

— Chérot? s'inquiète le Gros.

— Il y en a pour un million quatre-vingt-cinq

mille anciens francs, fais-je. Voilà une soirée qui revient cher à Mrs. Takemehall.

— Tant mieux, grogne le Gros. Si qu'on se barrait maintenant?

— Attends, il faut que je montre l'enveloppe au vieux prof.

— Pourquoi tu ne la lui as pas fait lire plus tôt?

— Une idée à moi : je préférais qu'il soit chlass.

Retour définitif au livinge où les choses ont pris un aspect plus décent.

Barbara décrète qu'il n'est plus temps de boire du scotch et que l'heure du champagne a sonné.

— Oyahi! Oyahi! clame le professeur qui est maintenant aussi imberbe que Minou Drouet.

Il me saisit par un bras familièrement.

— C'est beau, la France! me dit-il.

Il ferme les yeux et déclame :

— Grafiti locdu oshioti, comme le dit un proverbe de chez nous. N'est-ce pas saisissant, mon cher?

— Epoustouflant, affirmé-je. Ça vous cloue littéralement. Mais à propos de proverbes de chez vous, dear prof, que pensez-vous de cela?

Et le gars San-A. ouvre son larfouillet, y prend l'enveloppe qu'il tend à Yamamotokétolabo.

— Ah! C'est ton truc machin chose de ce matin, bredouille Roult. Figurez-vous, prof, que...

Il n'achève pas. En regardant l'enveloppe, le savant est devenu vert, ce qui est assez rare de la part d'un Japonais, cette mutation n'étant fréquente que chez les Chinois. Il l'a lâchée comme le libraire la lâcha le matin, et il crie par trois fois un mot qui ressemble au cri que pousserait une otarie venant de se faire coincer la queue dans la portière d'une voiture.

Nous sommes pétris de stupeur. Le ténor ténu se tait. Le père Hiljohn ouvre un vasistas et Barbara retire la main de Roult de son arrière-boutique.

— Vous voyez, je chuchote, ça recommence.

Je me penche pour ramasser l'enveloppe, mais, au moment où je vais la saisir, Yamamotokétolabo saisit un flambeau d'argent et m'en assène un coup terrible sur la main en répétant son cri.

C'est à mon tour de prendre le relais. Ce vieux derrière parcheminé a dû me casser une demi-douzaine de doigts à la main droite. Il relève son flambeau et va pour m'en filer un coup sur la noix. C'est mon pote Béru qui m'évite un fêlage de coquille en jetant prestement sa coupe de champ' à la frime craquelée du vieux oustiti. Le père Lajaunisse jette le flambeau. Il court droit à la fenêtre ouverte et pique une tête dans la rue avant que nous ayons remué une seule cellule grise pour décider de l'en empêcher. Barbara se mord la main. Le père Hiljohn qui a remonté ses deux stores demande d'une voix enjouée :

— Aôô, Barbara, *my dear!* A quel étage sommes-nous, *I don't remember?*

— Au sixième, murmure Roult.

— *O. K., thank you,* soupire Hiljohn en se rendormant, *poor old beans!*

Tout en massant ma main endolorie, je m'approche de la fenêtre.

En bas, tout en bas dans la street, des badauds font cercle autour d'une forme disloquée. Des visages se lèvent...

— Les bignolons vont radiner, fait le Gros. T'es pas d'avis qu'on devrait demander la permission de se retirer, San-A.?

C'est bien dit à lui, j'approuve sa méfiance. Il est expérimenté, il sait que la prudence est mère de la sûreté, et de la P.J. à l'occasion.

Je chope Roult à part.

— Navré, vieux. Mais je ne tiens pas à ce que les confrères nippons nous emmaverdavent. Essayez d'arranger ça.

— Faites-moi confiance. Prenez la sortie de service.

Il va ramasser l'enveloppe.

L'incident a dessaoulé tout le monde. On est un peu pâteux et nos tronches vibrent.

— Vous devriez me la confier, dit-il, en brandissant l'enveloppe. Ça ressemble à de la dynamite, ce truc-là! Je vais contacter des savants français; peut-être que...

— O.K. Mais prenez-en soin. On se téléphone domani, vu?

— Vu!

Le Gravos a déjà relevé le pan de son kimono et il voltige vers la sortie comme l'étoile d'un ballet.

Nous dévalons l'escadrin de service quatre à quatre et nous débarquons dans la rue à l'instant précis où s'amène une voiture bourrée de flics.

Il n'était que temps.

Histoire de profiter de la douceur du soir, et histoire surtout de nous rafraîchir la mansarde, nous rentrons à pied à l'hôtel.

— C'est vraiment pas croyable! fait Bé Rhû Rié. Jamais, dans toute ma p... de vie de poulet, j'ai rencontré une affaire pareille. Jamais! Jamais! Jamais!

Il voûte ses épaules accablées et va, dans les rues populeuses, pareil à un énorme paquet de thermogène avec son dragon vert qui crache des flammes dans son dos.

CHAPITRE VIII

— Eh ben, dis donc, soupire l'Enorme lorsque nous franchissons la porte tournante de notre hôtel, on peut dire que la journée a z'été rude! Il récapitule :

« Un vieux zig qui s'ouv' le bide! Deux flics auxquels qu'on casse la g... Une pinupe qui me fait du rentre-dedans, m'amène z'aux bords du divorce et me laisse quimper; et z'enfin un vieux tordu qui se file la pipe par la fenêtre après avoir tenté de t'assommer, y a pas à tortiller, c'est captivant, le Japon! »

On se serre la louche dans le couloir et on pénètre chacun dans sa carrée. Dès que j'ai actionné le commutateur, je tressaille : ma turne est complètement retournée. Quelqu'un (ou quelqu'une) est venu pendant mon absence et a tout fouillé. Le matelas est à terre. Les tiroirs sont béants. Ma valise éventrée...

Comme je considère le désastre, le Gros se radine, l'air féroce dans son kimono.

— Et la fiesta continue! hurle-t-il. Viens voir un peu mon isba à quoi qu'à ressemble!

— Pas la peine, dis-je, il me suffit de contempler la mienne.

Il découvre mon désastre intime et secoue sa tête de gladiateur surmené.

— Vois-tu, San-A., je sens qu'on file du mauvais coton dans ce patelin. C'est pas un pays pour nous. Les gens et les choses ne ressemblent pas à ceuss d'ailleurs. Moi, nettement, je bourdonne.

J'hésite à alerter la direction. Tout bien pesé, j'y renonce. Les patrons de l'hôtel préviendraient la police et c'est la dernière chose que je souhaite. Nous retapons nos plumards en maugréant.

— Qu'est-ce tu crois qu'il cherchait, le tordu qu'est venu faire not' ménage?

— Peut-être l'enveloppe...

— Tu crois?

— Je ne vois pas autre chose.

Le Gravos se campe au mitan de la turne, les poings aux hanches.

— Faudrait tout de même arriver à savoir quoi t'est-ce qu'il y a de marqué sur cette saloperie d'enveloppe, non?

— Oui, il faudrait. Seulement ceux qui savent lire l'adresse se zigouillent. Alors nous nous trouvons dans un cercle vicieux, Bonhomme.

— A propos de vicieux, cette Barbara, c'est

tout de même un chouette morcif, San-A., admets!

— Pour manger tout de suite peut-être; mais ça ne vaut pas le coup d'en faire un paquet.

— Elle a l'air un peu historique, hein?

— Pas un peu, Gros. T'as intérêt à continuer de pêcher la baleine. Cette rouquine, c'est un vrai chalumeau : on s'y brûle les doigts.

Sur ces considérations, nous nous couchons. Mais je n'arrive pas à trouver le sommeil. Je suis prêt à me rendre aux objets perdus, lorsqu'il me vient une autre idée. Je décroche le bigophone et je demande le numéro de ce polisson de Roult.

Son bignou carillonne un long moment. Je me demande s'il n'aurait pas fini la notche dans les bras parfumés de la bonne Mrs. Takemehall; mais non. Une voix épaisse comme du goudron en fusion grommelle :

— Yes?

— San-Antonio, ici!

Ça le réveille.

— Oh! Attendez que j'écluse un coup de désinfectant pour me réveiller.

Il doit avoir une boutanche de scotch à portée de la main car je perçois le bruit symptomatique d'un glouglou.

— Ça y est, San-Antonio, je suis paré.

— On ne se tutoie plus? je ricane.

— Si tu veux, pourquoi pas? fait Roult. Je crois qu'on était tous un peu blindés quand le vieux crabe s'est défenestré.

— Comment ça s'est passé avec les archers?

— Pas mal. On leur a dit que Yamamotokétolabo avait mal au cœur et qu'il a voulu prendre un bol d'air. Il s'est trop penché et il est allé déguster le bitume.

— Ils ont accepté la version?

— Sur catalogue. Nous sommes des gens considérables, mon vieux poulet; je voudrais voir qu'on mette notre parole en doute.

— Tu as toujours l'enveloppe?

— Ben voyons : elle est dans mon coffre. Je la montrerai demain soir à Sir Prise-Party, un éminent Rosbif qui vit au Japon depuis la fin de la guerre afin de préparer une thèse sur les langues fourrées nippones depuis l'institution du *shogounat*.

— Bon. Maintenant, je voudrais te demander un tuyau à propos du vieux prof. Avant d'entrer en transe, il a gueulé un truc en jap. As-tu compris ce qu'il disait?

— Malédiction.

— Seulement?

— C'est déjà pas mal.

— A ton avis, toi qui connais les mœurs, qu'est-ce qui peut provoquer de pareilles réactions chez ces bonshommes?

— C'est certainement d'ordre religieux, mais je ne saurais te préciser davantage.

Il bâille comme toute une ménagerie lorsque les abattoirs n'ont pas livré les entrecôtes du jour.

— Je vais te laisser dormir, m'excusé-je.

— Bonne idée! Comment trouves-tu ma belle Américaine?

— Un peu névrosée sur la périphérie, mais gentille au demeurant.

— Accueillante, hein?

— C'est le self-service!

Il se marre.

— Moi, fait-il, j'aime les souris comme ça. Elles simplifient la vie de l'honnête homme et résolvent ses problèmes physiologiques.

Je le quitte et j'en écrase pendant une demi-douzaine d'heures en rêvant qu'un professeur Yamamotokétolabo démesuré tombe du ciel en hurlant « Malédiction! »

***

Juste au moment où nous arrivons dans le hall, le portier nous désigne à deux types qui se tiennent assis à promiscuité de la porte. Les deux hommes se lèvent et s'approchent de nous. Ils sont de taille moyenne, vêtus de complets gris et coiffés de chapeaux de paille noirs, style américain. Ils sont Japonais et paraissent aussi joyeux que le monsieur qui vient d'allumer par mégarde sa cigarette avec le billet gagnant du Sweepstake.

Je les considère sans joie, pressentant qu'ils viennent nous causer des ennuis.

— Police, fait l'un des deux en français, suivez-nous!

Le Bérurier me coule un regard aussi pendant que les oreilles d'un teckel.

— C'est ici que les Athéniens s'atteignirent, que les Perses se percèrent, que les Satrapes s'attrapèrent et que les Croisés sautèrent par la fenêtre! me dit-il.

Ce qui, traduit en langage courant, signifie :

— On est cuits, essayons de nous débiner.

Mais je le calme d'une œillade. On ne peut pourtant pas jouer les Buffalo-Bill dans un palace! D'autant plus qu'avec l'intervention de l'ambassade, notre cas doit pouvoir s'arranger.

— C'est à quel sujet? questionné-je.

— Vous le saurez! rétorque le poulet.

Nous n'insistons pas et nous sortons, flanqués de ces deux anges gardiens.

— En Japonie, dit le Gros, est-ce qu'on appelle un flic poulet?

— Je l'ignore.

— On devrait plutôt l'appeler canard?

— Pourquoi?

— Ben, parce qu'il est jaune! C'te couennerie!

Vous le voyez, le moral du Gravos n'est pas infecté outre mesure, comme dit mon tailleur.

Nous prenons place dans une grande voiture noire. Un type est au volant. Je le reconnais au regard haineux qu'il me file : c'est le même chauffeur qui pilotait l'auto d'hier, celle dont nous dégonflâmes les pneus. J'ai idée que nous allons avoir quelque difficulté à faire admettre nos manières aux collègues nippons.

La chignole démarre en trombe. Nous sommes assis à l'arrière avec un des « canards ». L'autre s'est installé sur le siège avant, mais se tient de guingois et ne nous perd pas de vue.

L'auto fonce dans la cohue à toute vibure, manquant à chaque instant d'écraser un passant. On roule un bout de temps dans le centre, and after on se retrouve dans la banlieue. Comme c'est la route de Kawasaki, j'en conclus qu'on nous conduit directo sur le terrain de nos bas forfaits.

Mais pour une fois, San-Antonio déduit mal. La ville de Kawasaki est dépassée et l'auto ne diminue pas son allure. Qu'est-ce à dire?

— Dis voir, San-A., murmure l'Obèse, est-ce qu'on peut rentrer en France par la route?

— T'es louf! Le Japon est un archipel!

— Un quoi?

— Un groupe d'îles!

Je m'adresse au Jap parlant français.

— Où nous conduisez-vous? m'enquis-je.

— Yokohama!

— Dans quel but?

— Vous le verrez!

Vous le savez, ou si vous ne le savez pas, je me fais un plaisir de vous l'apprendre, mais on ne parle pas sur ce ton trop longtemps à San-Antonio.

— Dites donc, mon cher ami, tonné-je, n'oubliez pas que je suis citoyen étranger. Vos façons ne me plaisent pas et elles pourraient vous valoir certains gros ennuis.

En guise de réponse, il sourit, mais alors sans m'émouvoir le moins du monde.

— Ecoutez, reprends-je, plus furax qu'un tigre du Bengale à la queue duquel on a attaché une ruche bourrée d'abeilles. En France, pour arrêter quelqu'un, il faut un mandat d'amener, je suppose que vous en avez un?

Sans s'émouvoir, l'autre patate sort de sa poche une vague feuille de papier couverte de caractères nippons.

— Il y a une faute d'orthographe au dernier paragraphe, souris-je.

J'ignore ce que le copain qui partage notre banquette se figure, toujours est-il qu'il me file un coup du tranchant de la main dans le gosier. On dirait que j'ai un court-jus dans la moelle épinière, avec élargissement de la membrane supérieure droite, expectoration progressive du compresseur différentiel, et atrophie jugulaire consécutive du cartilage de conjugaison avec retenue à la base et séisme surmultiplié.

Je manque d'air. J'ai beau ouvrir mon clapoir grand comme les portes de Westminster Abbey un jour de couronnement, je ne peux décider la moindre particule d'oxygène à visiter mes poumons. Je me dis que je vais canner. Combien d'années un homme peut-il vivre sans respirer?

Le Gros veut prendre mes patins. Je le vois saisir mon agresseur au colbak, mais le flic de la banquette avant lui ramone le promontoire avec un solide goumi. Béru pousse un soupir d'extase et s'écroule dans la bagnole. A mon tour, j'ai droit à une infusion de néant. Bing! Je pars à dame. Nous sommes deux loques inconscientes, entassées sur le plancher de cette bagnole qui roule toujours à forte allure.

CHAPITRE IX

Suuuur les grands flots bleus.
Où viennneut seu mirer les étoileus,
Nous zirons tous deux...

— Oh ! Béru !

Nous ne sommes plus dans la voiture, mais dans une pièce sans meubles éclairée par une lucarne circulaire. Je suis ligoté et le Gros aussi (lui serait plutôt alligoté) et allongé à même plancher. Mon compère occupe une position assise. Il a la tête légèrement inclinée sur le burlingue et il chante d'une voix morte, en considérant l'extrémité de ses targettes.

— Béru !

Il se tait, relève la tête et me regarde avec une certaine indifférence. Il paraît fatigué.

— Vous me causez, M'sieur ? qu'il balbutie.

J'ai idée que le coup de tarataboumvoilà a déguisé sa pauvre cervelle en mayonnaise.

Il ajoute :

— On se serait-y pas rencontré à Casablanca ?

— Voyons, Béru...

— Je vous cause!

— Je ne suis jamais allé à Casablanca!

— Moi non plus; il devait s'agir de deux autres personnes...

Il se désintéresse de moi, dodeline la tronche et se remet à chanter...

Nous zirons tous deux,
Une nuit z'au caprice des voiles.

Ça me file en rogne de le voir à ce point ensuqué. Vous ne voyez pas qu'il reste gaga, le brave Béru? La petite chaise à roulettes avec sa grosse Berthe attelée dans les brancards! Troïka sur la Piste Blanche!

— Hé! Gros, ramone-toi un peu le bulbe!

Mais je n'insiste pas. Le plancher sur lequel je gis vient de décrire une embardée terrible. Pendant un court instant une vague frangée d'écume a obstrué le vasistas qui s'avère ainsi être un hublot. Pas d'erreur, le subconscient du Gros a deviné juste; nous sommes en mer, c'est pourquoi la bonne pomme brame à tout va les « Grands Flots bleus ».

— Béru! Recolle au peloton, mon gars, sinon tu vas être disqualifié!

Il vagit, vrombit, barrit, éternue et finit par relever la hure une nouvelle fois. Il me regarde, me voit, me reconnaît, me sourit et, d'un ton gracieux, me dit :

— Salut, Mec, j'ai fait un bon petit somme. Alors quel est le programme de la matinée?

— On pourrait commencer par la visite du Château d'If, je soupire.

— A cause d'à propos de quoi tu dis ça?

Je ne réponds rien. Il mate autour de lui, plisse son front de penseur, et balbutie :

— Mais où qu'on est, San-A.?

— Point d'interrogation à la ligne!

— Mais t'es attaché!

— Presque aussi solidement que toi!

— Mais je le suis aussi!

— C'est ce que j'ai cru bon de te préciser dans la précédente réplique.

— Ah! mince, je me rappelle : les flics. Comment qu'ils nous ont assaisonnés, ces vaches!

— Ça m'étonnerait que ce soit des flics.

— Tu crois?

— Et ceux d'hier non plus n'étaient pas des flics.

Comme dans une pièce de théâtre, la porte s'ouvre à cet instant, et quatre personnages font leur entrée. Il y a là les deux faux flics d'aujourd'hui, les deux faux flics d'hier, plus un mince vieillard, extrêmement élégant. Il a une tête de vieux petit garçon. Une fente de tirelire à la place de la bouche, deux boules de loto à la place des yeux, et deux feuilles de lotus à la place des gouvernails de profondeur. Ah! J'allais oublier : un pied de marmite à la place du naze.

Il porte des lunettes à monture d'or, un complet bleu marine aussi uni que le Royaume du même nom, et il a les cheveux blancs en brosse. Illico, je constate que les quatre autres lui témoignent les marques (et même les contremarques) du plus profond respect (le leur fait au moins douze mètres de profondeur, c'est vous dire!).

Le cortège s'avance jusqu'à nous et s'immobilise. Un vrai cauchemar! Il me semble que je suis calanché et que je viens d'arriver aux Enfers où un aréopage effrayant me juge.

C'est le vieillard qui prend le crachoir. Il le fait en français, mais un français suçoté. Après chaque mot, le vioque lichouille l'emplacement supposé de ses lèvres.

— Messieurs, fait-il, c'est un grand honneur pour moi de vous accueillir sur mon yacht.

— Et pour nous, alorss! clame le Mastar. Détachez-nous un coup, qu'on puisse vous faire la bibise!

Le vioque poursuit :

— Je ne voudrais pas vous causer de trop grands désagréments ni accaparer votre temps précieux, c'est pourquoi je vous serais reconnaissant de bien vouloir me remettre l'enveloppe que vous savez!

— Quelle enveloppe? je gazouille, en chiquant à l'étonné.

— Monsieur le commissaire, vous devez savoir ce dont je parle!

— Pas le moins du monde!

Le vieillard sort de sa poche un petit vaporisateur, il ouvre grande la tirelire et s'asperge le palais.

— J'ai de l'asthme, s'excuse-t-il en remisant son matériel.

— Une cure dans les Monts-Dore vous réussirait, affirmé-je.

— Alors, cette enveloppe?

— J'ignore ce que...

Il reprend, un ton au-dessus :

— Cette enveloppe que vous avez saisie sur le cadavre de notre cher et noble ami Fouzy Houtusé, que vous avez montrée au portier de votre hôtel, que vous avez portée à un vieux libraire de la rue Rrhû-Hi-Guili-guili-Hou, lequel, ses mânes reposent en paix dans la gloire de ses ancêtres, s'est fait harakiri après l'avoir touchée...

Silence. Pas la peine de biaiser. Il a mené son enquête, le têtard à binocles. Il sait beaucoup de choses...

— Je ne l'ai plus, assuré-je.

— Nous le savons, car nous nous sommes permis de vous fouiller très attentivement.

— Comme vous avez fouillé ma chambre d'hôtel?

— Comme nous avons fouillé votre chambre d'hôtel! Où se trouve-t-elle? Il vaut mieux, pour le salut de votre vie et de celle de votre ami, que vous nous la rendiez!

Le Gros renifle et me lance d'un ton sec :

— Allez, rends-y sa baveuse, à ce vieux cocu, et qu'on se barre; moi, elle commence à me battre les pruneaux, ton affaire.

Je frémis. Hier, au soir, le Gros n'a pas vu que je laissais l'enveloppe à Roult et il suppose que ce document mystérieux est toujours en ma possession.

— Tu es complètement zizi, Béru, tu sais bien que je l'ai remise à notre ambassadeur.

— Morte vache! s'exclame le Gros, où que c'est-y que j'avais la bouille? Même que c'est mézigue personnellement que je l'ai portée à Sa Majesté l'Ambassadeur!

Béru, il est comme les comédiens de petites tournées, faut toujours qu'il en fasse trop et qu'il déclame la tirade des amis par-dessus son texte.

Le vieux Jap nous considère derrière ses verres bombés. Ma parole, ils ont tous des besicles, les Nippons, c't' année. Il se détourne vers ses camarades et leur lâche deux mots dans sa langue.

Illico les quatre sbires empoignent Son Excellence Bérurier et l'évacuent. Je reste seul dans la cale, seul avec le bruit de la mer, le tangage, le roulis et l'envie d'être ailleurs.

***

Plus de deux heures s'écoulent. J'essaie de me libérer de mes liens, mais macache comme dit

Bonnot! On nous a ligotés très serré avec un fil de nylon, et lorsque je pèse dessus, mes entraves me cisaillent la viande. J'ai un mal de tronche qui n'est pas dans un bandage herniaire. Le coup de goumi était de first quality. C'était pas de la matraque d'amateur, mais de l'outil de précision : nerf de bœuf renforcé plomb avec revêtement de caoutchouc. La faillite des analgésiques, les gars! Un coup sur la praline après le dîner et vous pouvez foutre vos suppositoires à la poubelle! Ma dose a été d'autant plus efficace que mon petit infirmier me l'a doublée. Le facteur vous sonne toujours deux fois!

Donc, une cent vingtaine de minutes s'écoulent avant que ne se rouvre la lourde du cagibi. Les faux matuches d'hier viennent prendre livraison du commissaire. L'un me saisit les cannes et l'autre les endosses et nous voilà partis.

Nous partîmes Saint-Saëns (pour une Danse Macabre), mais par un prompt renfort... Ces carnes cavalent dans la coursive, en prenant bien soin de me cogner le but contre les parois.

Nous débouchons dans la vraie cale. Les trois autres sont là qui entourent un énorme tonneau d'où s'échappent des rires, des gloussements. Je finis par distinguer, sortant du tonneau, la bouille écarlate du Gros. Il se marre comme un congrès de bossus en train de voir jouer « Bobosse » sur le dos d'un chameau.

— Ah! les c..., meugle l'Affreux. Ce qu'ils vont chercher!

« Arrêtez, j'en peux plus... Hihihi! Ho! Ça chatouille! »

Mes convoyeurs (1) m'approchent du tonneau. Avec une horreur indicible, je découvre le machiavélisme de ces crapules. Béru est à poil. On l'a badigeonné de miel et introduit dans ce fût qui est plein de fourmis. Une plaque de verre, percée d'un trou pour laisser émerger la tronche du Gros, sert de couvercle. Un boisseau de bestioles grouillent sur le corps de mon cher petit camarade.

Le vieux Jap aux lunettes cerclées d'or se tourne vers moi.

— Le miel sert de hors-d'œuvre, m'assure-t-il. Mais lorsqu'ils l'auront fini, ces aimables insectes continueront leur repas. Ce sont des fourmis Boufbéru, les plus terribles de l'espèce. Dans deux ou trois heures, il ne restera de votre valeureux ami que son système osseux.

Cette perspective calme comme par enchantement le fou rire du Big-Lard.

— Hé! San-A.! Fais pas l'œuf! me supplie-t-il. Dis-leur où que t'as mis l'enveloppe; moi, je joue plus!

Pour lors, votre petit San-Antonio mignon se livre à un calcul express. Si je leur dis la vérité, Roult aura les pires ennuis et notre situation ne

(1) Peut également s'écrire en deux mots.

sera pas solutionnée pour autant, car je me doute bien que nos tourmenteurs ne nous remettront pas en liberté après cette série de voies de fait! L'enveloppe maudite entre leurs mains, ils nous attacheront un gros morcif de ferraille aux nougats et nous virguleront dans le Pacifique. Pour lors, ce sera définitivement « Bonsoir, M'sieur-dames » sur l'air des lampions (et des lanternes japonaises).

Mais, vous ne l'ignorez plus (car ça fait un bout de temps que je vous le serine, n'est-ce pas mes mésanges?) j'ai plus d'un tour dans mon sac.

— Très bien, en supposant que je parle, que me proposez-vous en échange?

— La vie sauve, rétorque le Jap au nez en pied de marmite.

« Je sais que vous autres, Occidentaux, y attachez une grande importance. »

— Qui me prouve qu'une fois en possession de l'enveloppe vous respecterez votre engagement?

— Rien, certes, répond le nain jaune sans s'émouvoir. Mais comme c'est la seule chance que vous ayez, il est normal que vous vous y cramponniez. Je vous donne ma parole que si vous donnez l'enveloppe vous ne serez pas mis à mort. A vous de décider...

— Fais confiance à Monsieur, intervient Béru. On voit tout de suite que c'est quelqu'un de sérieux!

Les fourmis commencent à lui briffer la bidoche et il donnerait n'importe quoi, plus autre chose, pour qu'on le sorte de son tonneau, le cher Diogène. Il en a assez d'être déguisé en friandise.

— Entendu, je vais parler, fais-je. Mais comme gage de votre bonne foi, commencez par sortir mon ami de là !

Courbette aimable du petit croquant binoclard.

— Qu'à cela ne tienne !

Et il bonnit quelque chose à ses acolytes.

Aussitôt, l'un des gnaces va chercher un appareil à fly-toxer et se met en devoir de vaporiser un liquide par le trou du fût de Béru. Le Gravos éternue à plusieurs reprises. Puis il cesse de se trémousser car les fourmis ont été foudroyées par cette pulvérisation. Trois minutes plus tard le brave inspecteur Bérurier est hissé hors de son sépulcre. Sa peau est rouge vif. Jamais il n'a été aussi propre, notre bon Pépère. Les fourmis lui ont fait sa grande toilette car, en même temps que le miel, elles ont becqueté toute sa crasse.

Le pauvre Biquet se met à se gratter à pleins ongles.

— Ces charognes-là m'ont déclenché une crise d'antiquaire, ronchonne-t-il. Oh ! Ce que ça me démange ! Déliez-moi les paluches que je puisse me gratter partout, B... de M... !

Mais au lieu de souscrire à sa requête, c'est

vers moi que les autres se tournent maintenant. C'est bibi qui polarise l'attention.

— Nous vous écoutons! fait Grand-Papa Bouton d'or.

— J'ai mis l'enveloppe dans une autre enveloppe que je me suis adressée recommandée, en poste restante, assuré-je sans sourciller.

Un silence suit.

— Pourquoi avez-vous agi ainsi?

— En attendant de connaître sa signification.

— Car vous l'ignorez?

Les deux boules de loto jaunâtres me fixent comme les gobilles d'un hypnotiseur fixent le médium.

— Oui, monsieur, je l'ignore.

— Eh bien, tant mieux, fait le petit vioque au bout d'un moment de silence.

Il se tourne alors vers ses petits amis et les harangue. Les autres opinent. Le vieux se retourne vers moi.

— Deux de ces messieurs vont vous conduire au bureau de poste, décide-t-il. Ils vous surveilleront très étroitement et interviendront avec promptitude si vous essayez de leur échapper.

Il retire de sa poche une sorte de petit écrin en laque et l'ouvre. A l'intérieur, il y a une bague munie d'un gros chaton.

— Valeureux étranger, dit le ouistiti à binocles, il faut que je vous explique le secret de cette bague...

Il la passe à son doigt et avec l'ongle du pouce

fait jouer un mécanisme invisible. Une sorte d'aiguille de la taille d'une aiguille de phonographe jaillit du chaton.

— Une piqûre de cette aiguille et vous tombez foudroyé, me dit mon hôte.

Nouvelle manœuvre, mais inverse afin de faire rentrer l'aiguille dans son logement. Il retire la bagouze et la passe au doigt d'un des vilains pas beaux de sa collection.

— Monsieur Padecarburohamamoto, ici présent, vous tiendra par le bras. A la moindre velléité... Vous comprenez, je pense?

— Vous pensez! ricané-je.

— D'autre part, nous conservons votre ami en otage. Si par miracle vous parveniez à vous échapper, il serait mis à mort immédiatement et ce, d'une manière particulièrement désagréable.

Un temps. Le vieux crabe aux pinces d'or hoche la tête.

— C'est tout.

Il fait un signe aux autres. Padecarburohamamoto et un autre minable s'approchent de mézigue et me déligotent. Puis, Padecarburohamamoto m'empoigne par le bras.

— Fais pas l'œuf, hein, San-A.! me crie Béru au moment où nous franchissons la lourde.

***

En débouchant sur le bridge (ou plutôt sur le deck) je m'aperçois que nous naviguons sur un yacht magnifique. Je ne sais pas combien de tonneaux il jauge, mais c'est une belle unité. Il a jeté l'ancre à quelques encablures du rivage et le capitaine Kishiduhoduma est en train de donner des ordres pour qu'on mette une embarcation *to the sea.* Trois minutes after, nous dévalons l'échelle de coupée et prenons place dans le canot à moteur qu'un marin du bord pilote. Mine de rien, je mate le nom du bâtiment. Ça peut servir. Le barlu est blanc comme un cygne. Il s'appelle « Hositodihositofé ». Banco, c'est inscrit dans mon petit fichier cérébral.

Nous abordons un instant plus tard dans un petit port privé. Un jardin japonais borde la grève à cet endroit. Et, au bout du jardin, s'élève une merveilleuse construction, toute en bambou refendu. C'est de la crèche de grossium. Mes escorteurs m'entraînent vers la demeure.

J'ai dans l'idée qu'elle appartient au proprio du yacht.

L'un des deux, pas celui-là : l'autre, va chercher une puissante limousine (non pas à Limoges mais dans un garage proche de l'habitation) et Padecarburohamamoto me pousse à l'arrière du véhicule. Cette patate respecte vachement la consigne et ne me lâche pas le bras d'une semelle, comme ne manquerait sûrement pas de dire Béru.

— C'est de la poste centrale? me demande-t-il.

— Oui.

Nous roulons dans un petit chemin qui embaume la verveine, le jasmin, le chrysanthème, l'héliotrope, le réséda, la fougère sauvage, l'œillet fané de Grenoville et le lotus roja (merci, monsieur Vilmorin, ça c'est de la terre meuble!). Après deux cent vingt-deux mètres quarante et un de trajet dans ce chemin délicat, nous débouchons sur la route qui va de Kawasaki à Tokyo. Personne ne moufte. La main de Padecarburohamamoto est pareille à un bracelet. Je la sens bouclée à mon bras d'une manière quasi définitive. Bien calé sur les coussins moelleux de la chignole, je réfléchis. Je me dis : « Et maintenant, mon San-Antonio chéri, que va-t-il se passer? Que vas-tu faire (car je me tutoie dans l'intimité)?

Nous allons aller à la poste. Naturellement, il n'y aura rien à mon nom.

On me ramènera à bord de l' « Hositodihositofé » et ensuite...

Ensuite, je n'ose envisager ce qui se passera. Nous sommes tombés sur des types passés maîtres dans l'art du sévice. Le peu que j'ai vu est édifiant et je n'ai pas envie d'assister à la suite du programme. Je pourrais bien jouer mon va tout et essayer de les mettre, mais alors ce serait la fin du gros bonhomme. Béru, mort à la tâche! Après quelle séance, grand Dieu! Le vieux magot est très capable de lui faire découper les vestibules avec des ciseaux à broder ou de lui faire avaler un bidon d'essence avec des pierres à briquet pour enflammer celle-ci. Que faire ! Je me recueille, je me concentre. J'adresse un message au Très-Haut avec accusé de réception et réponse payée.

Mais je ne trouve rien et nous continuons de rouler. Nous voici maintenant dans Tokyo. Nous roulons devant les anciennes usines allemandes Besstaguengretchen-Kejbeztakrupp et nous atteignons la place Hifoskifo au milieu de laquelle s'élève la statue d'Hokilépabo, l'inventeur de la brouette japonaise à double carburateur.

L'auto se range devant un grand édifice. Nous v'là à pied d'œuvre, M'sieurs-dames ! Je me mets à siffloter « Il est nippon, ni carré, ni pointu » cette fameuse chanson suisse qui met en cause la ville de Bâle. Mon mentor me tient toujours de la même manière. Il n'a pas l'air bien cuit, ce mec-là, bien qu'on affirme « qu'un mentor n'est jamais cru ».

Nous pénétrons dans un hall gigantesque entouré de guichets. Un tas de broux vibrent sous l'immense verrière : il y a des brouhahas, des brouhihis (pas de brouhuhus car le « u » se siffle en japonais).

Mes deux camarades m'encadrent soigneusement, comme vous encadreriez la photographie de Mme Michèle Morgan si elle vous faisait l'honneur de vous la dédicacer. Ils me guident droit au guichet de la poste restante. Manque de bol (de riz) il n'y a personne et c'est tout de suite à moi. La préposée est une ravissante gosse au sourire en forme de violette.

— Je dois avoir une lettre recommandée à mon nom, lui dis-je, en anglais.

Et je balance mon blaze sans l'articuler, car je viens d'avoir une very good idée, mes frères.

— Quel nom? demande la mignonne enfant.

Je répète, mais en escamotant davantage encore.

— Vous avez des papiers?

— Bien sûr, Miss!

En voilà une qui, malgré la couleur de sa peau, ne mérite pas le prix citron.

Maintenant, c'est le moment de faire vérifier le gonflage de vos cellules grises, si vous voulez bien piger ce qui va suivre. J'ai mal prononcé mon nom afin d'amener la fille à me demander mes fafs, avant de constater qu'il n'y a rien à mon nom dans ses casiers, you see? Et je voulais qu'elle me les demandât (carte, ou de virement) afin de me donner un prétexte logique pour lever un peu les bras. Padecarburohamamoto me tient le bras gauche juste au-dessus du coude. Vous y êtes? Bon. Pour prendre mes papiers dans la poche intérieure gauche de mon veston, les mouvements normaux sont les suivants : élever ma main gauche jusqu'à mon revers gauche. Saisir celui-ci d'icelle et d'écarter pour permettre à ma main droite de se glisser à l'intérieur de mon veston. Vous comprenez toujours, oui? Sinon faudrait le dire et je vous ferais un dessin. Pas la peine, dites-vous? O.K.

Comme le Jap me serre très fermement le bras gauche, avant de lever celui-ci je me tourne vers lui et je murmure discrètement :

— Vous permettez?

Ceci afin qu'il relâche un peu son étreinte.

Et ça se produit tel que je le souhaite. Il ne me lâche pas, oh non! Mais ses doigts se décrispent un peu. Alors j'exécute la première partie du mouvement et, de ma main gauche je saisis mon revers gauche. Natürlich, ce que je vous raconte de manière aussi détaillée se déroule logiquement. Ça vous paraît long parce que je vous fais du ralenti littéraire (si peu littéraire d'ailleurs que vous voudrez bien m'excuser).

Maintenant la seconde partie du mouvement reste à accomplir. Au lieu de plonger ma main droite à l'intérieur de mon veston, elle va continuer par-dessus le vêtement en se transformant en poing. Et il faut que ce poing atteigne la pointe du menton de Padecarburohamamoto à une vitesse suffisante pour qu'il soit K.-O. avant d'avoir déclenché le chaton de la bague.

Je ne peux pas prendre d'élan : ça les alerterait. Je me concentre à bloc. Toutes mes forces se dirigent vers mon biscoto droit. La charmante postière attend, avec son sourire extrême-oriental. O.K., San-A.! Vas-y, mon fils. Et pense à ta brave Félicie qui t'attend en ce moment en passant de l'encaustique dans ta chambre à coucher.

J'ai tiré bien des ramponneaux à des types depuis le début de ma carrière, mais jamais un comme celui que voilà! La plus belle droite in the world, si on vous dit que c'est Robinson qui l'a administrée lors de son combat contre La Motta, vous pouvez jurer que c'est un mensonge et qu'elle a été interprétée au bureau de poste central de Tokyo.

Très courte, très brève, sèche comme la prise de congé d'un ambassadeur à la suite d'une rupture diplomatique. The patate, les gars! Elle claque sec. Et instantanément le Jap s'écroule. Il n'a pas eu le temps de faire jouer la bague meurtrière, ou alors j'ai rien senti. Continuant sur la trajectoire de mon coup de poing, je saute par-dessus Padecarburohamamoto et je gagne la sortie à une vitesse qui laisse très loin derrière Mag 2, Mag deleine et Mag num.

Je bouscule des tas de mecs et j'arrive à la sortie.

Point d'interrogation : que fiche l'autre sbire? Me file-t-il le train ou s'occupe-t-il de son petit camarade? Je ne peux perdre un dixième de seconde pour m'en assurer. Je cours, je cours. Je plonge dans la bagnole car au départ j'ai remarqué une chose : elle n'a pas de clé de contact. Je tire sur le démarreur : elle dit oui. Je passe une vitesse, c'est la seconde, mais ça s'arrache, d'autant plus que j'envoie une bonne ration de coco dans les carburos.

Une silhouette se plaque contre l'auto. C'est

l'autre patate qui fait un numéro de rodéo. Pas dégonflé, le Monsieur! Il s'est jeté, d'une détente terrible, à plat ventre sur le capot. Comme numéro de haute voltige, ça se pose là! J'essaie de le décramponner en donnant des coups de volant à gauche et à droite, mais ce macaque est d'une agilité inouïe. Loin de décramponner, le voilà au contraire qui parvient à dégainer son feu.

Seul le pare-brise nous sépare. Il me masque la visibilité et je suis obligé de me tenir presque debout pour conduire. Déjà le canon de l'arme s'élève. Ces Japs, quel courage! Il sait qu'en me butant, ce sera l'accident inévitable et qu'il a de fortes chances de se faire écrabouiller contre un mur; mais il s'en branle. Un pruneau pour pulvériser le pare-brise et un autre pour déguiser San-A. en macchabée. Que faire?

Je freine à mort. Une voiture de police qui me filait ne peut éviter le choc et me percute. Le choc est assez terrible et du coup, le tireur disparaît du capot. Comme bouchon de radiateur, je le trouvais plutôt déplaisant.

Je redémarre. Ce faisant, ma bagnole a un soubresaut et je sens que j'écrase quelque chose de mollasson. Aucune importance.

La voiture de police a écrabouillé tout son avant sur mon arrière et ne peut repartir. Les poulets ont été commotionnés, mais l'un d'eux, moins sonné que les autres, défouraille à tout va dans ma direction. Les pruneaux crépitent sur ma carrosserie. Pourvu que je n'en morfle pas un dans le paletot ou qu'il ne crève pas mes boudins. Mais non. La distance grandit entre le tireur et moi.

Sauvé!

Maintenant il s'agit de faire fissa. Je suis libre, mais le Gros attend, à fond de cale, ligoté comme du saucisson (c'est d'ailleurs cette métaphore qui doit le réconforter en ce moment). Sa pauvre vie se joue à pile ou face. S'il y a le bigophone à bord, tout est fichu. Mais si Padecarburohamamoto ne peut prévenir son chef à distance, j'ai une minuscule chance de pouvoir intervenir. Si je peux disposer d'une petite heure, tout sera O.K. car les flics ont noté mon numéro. La voiture est facilement repérable et j'aurai les archers au panier, ce qui sera une bonne chose une fois que je me trouverai sur le yacht. Mais s'ils intervenaient avant, le temps que je parlemente et que je raconte ma petite histoire et c'en serait fait du Gros.

Mon merveilleux sens de l'orientation, mon non moins merveilleux sens du volant font qu'en très peu de temps je me trouve dans le chemin creux qui sent la verveine, le jasmin, le chrysanthème, l'héliotrope, le réséda, la fougère sauvage, l'œillet fané et le lotus roja. Je trace jusqu'à la demeure et je l'atteins à l'instant précis où j'entends carillonner le téléphone.

Ça s'appelle tomber à pic. Nul doute que Pademotosancarburo (ou inversement) ne soit en train de prévenir les gens de la maison pour leur commander de prévenir ceux du yacht que j'aperçois au loin, tache blanche dans l'infini azuréen de la mer, comme dirait une romancière du jury Femina.

J'arrête la tire derrière une haie d'hélicons-basses à fleurs intempestives et je me trotte en direction de l'embarcadère où le canot se balance doucement, comme une mouette légère bercée par le flot (comme écrirait quelqu'un de doué).

Comme j'y parviens, voilà le mataf et un larbin en kimono de toile cirée qui radinent. Je me jette à plat bide derrière une haie de cornemusiers à tiges rampantes. Les deux ouistitis s'annoncent vers le canot dans lequel le marin saute à pieds joints. Le larbin, lui se met à défaire l'amarre. J'attends qu'il ait terminé, ensuite de quoi je saute de ma cachette et je shoote! Just Fontaine à Stockholm, c'était un unijambiste perclus de rhumatismes à côté de bibi. Le larbin est dégagé en touche et pique une tronche dans la tisane.

Pendant qu'il barbote, je saute dans le canot. Le matelot qui vient de lancer le moteur ne s'est aperçu de rien. Il se redresse et c'est pour se trouver nez à poing avec mes deux livres de cartilages. Il prend un crochet dans le naze, un coup de genou dans ses bijoux de famille et un gauche à la mâchoire. C'est rapide et efficace. Le voilà déguisé en tas de guenilles dans le fond de l'embarcation. Je le palpe et j'ai la joie de découvrir, passé dans sa ceinture, un soufflant à canon long qui pourrait faire du mal à un rhinocéros.

Je chope le feu et je balance le marin dans l'eau pour lui faire recouvrer ses esprits.

Maintenant, à nous la grande bleue! J'engage la manette des vitesses et le canot fait un saut de trois mètres. Il détale! Je ferais bien un peu de ski nautique si j'avais des skis, quelqu'un pour piloter le barlu, le temps et un ange gardien à la hauteur pour s'occuper de Béru.

A bord du « Hositodihositofé », c'est plein de gnaces qui guettent mon arrivée. Parmi eux, il y a le petit vioque à besicles. J'accoste, mais on ne me lance pas l'échelle de coupée.

La voix du maigrelet bonhomme me parvient.

— Que se passe-t-il, commissaire?

— Je vous apporte l'enveloppe.

— Comment se fait-il que vous soyez seul?

— En cours de route nous avons écrasé un piéton. La police nous a arrêtés, mais je suis parvenu à m'enfuir...

— Vraiment!

Sa voix est chargée d'incrédulité au point que je me demande comment il se fait que le yacht ne donne pas de la bande (comme dirait Velpeau).

— Si vous ne me croyez pas, écoutez les informations à la radio, on doit parler de l'accident; il a été assez spectaculaire.

— Et vous n'avez pas profité de l'occasion pour vous enfuir? nargue l'homme au regard de loto.

— Au contraire : j'ai eu peur que, ne nous voyant pas revenir, vous mettiez à mort mon ami et j'ai risqué le tout pour le tout.

— Pourquoi pilotez-vous vous-même le canot?

— Votre marin ne voulait pas me charger, et il ne parle pas l'anglais; j'ai donc dû lui expliquer mon cas à coups de poing.

Là-dessus, je risque le tout for the all!

— Si vous doutez de moi, dites-le! Auriez-vous peur d'un homme seul? Vous imaginez-vous que je serais revenu les mains vides pour vous raconter les gaudrioles?

Mes sarcasmes portent.

— Très bien, dit le gnome. On va vous descendre un filin avec un panier, vous déposerez l'enveloppe dedans.

— D'accord, seulement, auparavant, il faudra descendre mon ami.

— Sûrement pas.

Je sors de mon portefeuille une enveloppe qui m'a été adressée par une petite amie à moi (laquelle répond au doux nom de Marthe Indugart).

— Assez tergiversé, lancé-je. C'est vous qui avez créé cette sotte situation en ne lançant pas l'échelle de coupée. Votre défiance me prouve la malignité de vos intentions. Envoyez-moi mon ami tout de suite et vous aurez l'enveloppe.

Simon, je la déchire en morceaux et je la jette à l'eau...

Je m'approche du bord du canot.

— Et inutile de me flinguer! Je tomberais à l'eau avec!

Un temps mort réclamé par l'arbitre.

Le vieux bonze donne des directives.

— Très bien, dit-il. Mais n'essayez pas de me duper car vous le paieriez cher!

Je comprends à quoi il fait allusion lorsque je vois quatre types passer par-dessus le bastingage quatre mitraillettes impressionnantes. Je sais que c'est râpé. Lorsque j'aurai donné l'enveloppe ils ouvriront le feu. Je n'aurai pas le temps de m'écarter du bord. On n'échappe pas à quatre mitrailleurs qui déjà ont l'œil fermé pour viser.

Au bout de quelques minutes on annonce le Gros. Il est en train de remettre ses fringues en maugréant. Alors j'ai l'idée la plus folle, la plus inouïe de ma garce de carrière.

Il faut que je mette le Gros dans le coup pendant qu'il est encore sur le barlu. C'est notre ultime chance. Seulement, je dois lui parler sans être compris des autres. Or, comme le Vieux Chprountz parle français, je dois utiliser un langage hermétique audible du Gros seulement.

— Hé! Béru, ouvre un peu tes étagères à mégots, mon mec! je crie.

— Mince, t'es de retour! s'écrie le digne homme.

— Je viens de brader une salade qui n'est pas

de saison, bonhomme et il va y avoir du mou dans la corde à nœuds avec les défouraillleurs d'élite que tu vois, pourvus de plumeaux. Alpague si tu le peux le dabe à binocles, crache-le-moi et pique une tronche dans la tisane.

L'Old Jap trépigne.

— Silence! me crie-t-il. Ou alors exprimez-vous en français. Je ne...

Il n'en dit pas plus long. Le Mahousse vient de jouer son very famous numéro of haute voltige. Pendant que les foies-jaunes déroulaient l'échelle de corde, il a bondi et, avant que ces messieurs aient eu le temps de comprendre, il a propulsé le père Cassenoisette par-dessus le bastingage. Le vieux pousse un cri d'orfèvre et s'abat dans l'embarcation. J'ai amorti sa chute comme j'ai pu mais il a pété sa petite gueule contre le pontage du canot, et avec ce qui lui reste de dents il peut se faire monter un solitaire. Ses dominos, les faux et les vrais, sont éparpillés dans l'embarcation comme une poignée de riz. Il est groggy. Je le soulève et le tiens contre moi.

Les mitrailleurs n'osent pas défourailler. Là-haut c'est la confusion. Il y a trois mectons sur le paletot du Gravos. Il les secoue de première. Il rue, il cogne, il écume, son beau costar blanc-vert part en lambeaux. Et puis il finit par plonger, avec un petit zèbre hargneux accroché à lui. Les deux antagonistes tombent à un mètre du canot. La flotte ne les fait pas lâcher prise. Le teignard a mis ses deux pouces sur la glotte de

Béru et il lui écrase doucement la gargante. Mon pauvre Gros qui n'est pas un champion de natation se démène comme il peut et il peut mal. Il va couler. Alors, de ma main libre je choque mon feu et j'envoie une bastos dans le bocal du petit Jap. Un glouglou répond à la détonation... L'homme coule à pic tandis qu'une flaque de sang se met à flotter à la surface de l'eau.

— Grimpe vite ! lancé-je au Gros.

A bord, c'est le désarroi. Bécause le big Boss à mon bord, les dégourdis se refusent à me vaporiser du plomb chaud. Ils savent très bien qu'ils allongeraient le patron.

En ahanant, Sa Majesté grimpe dans le canot. Son rétablissement ferait chavirer le « France » ! Je manque aller au bain, mais heureusement, la pointe de mes lattes est engagée dans les caillebotis et je me rattrape in-extremis (comme disent les Vaticanais).

— Mets-toi au volant, Grosse pomme. Baisse la manette noire et appuie ensuite sur la blanche.

Il obéit tout en suffoquant. Il est violacé, le pauvre chéri. Le moteur miaule sauvagement et le canot bondit.

Là-bas, les autres patates sont sidérées.

Lorsque nous avons mis un demi-mille entre eux et nous, le Gros se retourne.

Il resplendit comme le soleil d'Austerlitz à la gare du même nom.

— Tu vois, San-A., me dit-il. Tu vois...

Il secoue sa vaillante tête.

— On pourrait vivre encore cent ans que j'oublierais jamais ce qu'on vient de réussir. Le coup le plus fumant de notre carrière, reconnais!

— Je reconnais, Gros.

Il me tend sa large main couverte de poils dans sa partie extérieure.

On échange un long shake-hand ému.

CHAPITRE X

— Et maintenant? demande le Gros.

Nous venons d'aborder dans une petite crique déserte. Je regarde autour de moi avec circonspection.

— Maintenant, surveille Pépère, je me charge du reste.

Je pose mes pompes, mes chaussettes et mon falzar. J'axe le bateau droit vers le large et j'attache un cordage à la poignée des gaz et un autre à celle des vitesses.

Ensuite de quoi je saute à l'eau et je tire un coup sec sur les deux cordages à la fois. Le canot démarre à fond dans un sillage d'écume blanche. Délesté, avec la manette des gaz tirée à bloc, il vole littéralement. Lorsque j'ai remis mon grimpant ce n'est plus qu'un point minuscule à l'horizon.

— Jusqu'où qu'y va aller? rêve le Béru.

— S'il rate les îles Marquises, il a ses chances d'atteindre le Chili, assuré-je.

Je me penche sur le petit bonhomme. Il est

toujours dans le sirop. M'est avis qu'il a une petite fracture du crâne ou quelque chose dans ce genre. En tout cas, sa dernière ratiche vient de partir entre ses lèvres écrasées. Mal en point, le dear Vieux Sagouin!

Nous nous asseyons dans l'herbe odorante d'un merveilleux jardin pour reprendre haleine.

— Comment que ça s'est passé à la poste? demande mon féal.

Je le lui raconte. Il se met à pleurer dès que j'ai fini et me presse contre sa poitrine de gladiateur en hoquetant :

— Alors t'es revenu juste pour me chercher, Tonio? Au lieu de les mettre ou de prévenir les matuches, t'as risqué ta peau pour sauver celle de ton pote! Ah! vois-tu, je l'oublierai jamais!

La séance lacrymale passée, nous décidons d'aviser. Rapide conseil de guerre. La situation n'est pas très nette.

— Ce bonhomme, dis-je en montrant le Vioque, est sûrement un grossium et il doit avoir des appuis. Nous, nous ne parlons pas japonais; de plus j'ai eu cette fois des démêlés avec la police. Si on nous arrête, ça risque de mal carburer. Il vaudrait mieux que je puisse prévenir l'ambassade de France avant.

— D'ac, dit le Mahousse. Vas-y, moi je garde le mironton, et fais confiance qu'il risque pas de m'échapper...

Dans le jardin où nous avons abordé, il y a une espèce de petite hutte en bambou. Nous y portons le vieux Sans Binocles (il les a perdues dans sa chute).

— Bon, tu m'attends. Ne te montre pas...

Et je pars en reconnaissance.

***

Je suis un sentier qui tombe dans un autre sentier, qui débouche sur un sentier, lequel conduit à un sentier qui mène tout droit à un autre sentier qui franchit un pont et j'aperçois, se dressant au milieu d'un bosquet de cèdres nains, une agréable demeure aux couleurs vives. Je m'avance quelque peu. Aussitôt, la porte s'ouvre et une volée de jolies filles se précipite vers moi.

Un rêve, les gars ! Un vrai rêve en technicolor. Elles sont là une vingtaine, toutes Japes, mais des beautés triées sur le volet. Elles portent des kimonos aux couleurs chatoyantes et des sandales à semelle de bois qui clapotent sur le fin gravier. Ces demoiselles m'entourent en gloussant et en babillant. Elles se bousculent, se poussent du coude, pouffent, me touchent du bout des doigts comme si elles doutaient de mon existence comme je doute, moi, de la leur. Elles me posent des questions que je ne pige pas.

— Vous parlez français ? je demande.

J'entends le chœur des belles qui s'exclame :

— Fran-cé ! Fran-cé !

Et l'une d'elles s'avance en déclarant :

— Moi, je, un tout petit peu...

C'est la plus belle. Un corps incroyable, une peau comme du satin, des yeux comme des pierres précieuses taillées en amande, sur le sommet de la tête un énorme chignon noir comme le jais, dans lequel sont piquées de longues aiguilles à boule de verre. On dirait que cette gosse a été dessinée au pinceau sur de la porcelaine précieuse par le peintre number one de son bled.

— D'où vous venir? elle demande...

— Je me promenais le long de la grève avec un ami. Nous avons entendu des gémissements et avons trouvé un vieil homme inanimé.

Elle traduit à ses compagnes. Toutes redoublent de cris et de petits gestes frivoles...

— Où est l'homme et votre ami?

— Venez...

On se met en route vers la grève. Et nous suivons en gambadant le sentier qui franchit le pont et mène tout droit à un sentier qui conduit à un autre sentier qui débouche sur un sentier qui tombe dans le sentier de la hutte.

Je bavarde avec ma petite compagne. Elle s'appelle Monkusulakomodo, ce qui en français veut dire Lulu. La maison qu'elle habite avec ses compagnes est une école de geishas. Mais aujourd'hui c'est jeu-dhi et elles ont vacances. Elles sont seules pour la journée et se grattent le luth pour se distraire. Si je pige bien, je suis une providence pour ces demoiselles. La mienne

(Lulu) est en première année. Elle doit passer son morbac en juin et, si elle est reçue, elle entre en siphilo l'année prochaine. Elle compte se spécialiser plus tard dans les langues fourrées orientales et elle pioche dur son Kamasoûtra afin de décrocher le premier prix (en l'occurrence, une nuit d'amour avec un eunuque). Bref, une bonne petite élève.

L'ahurissement de Béru en me voyant débouler avec cette horde de pin-up est indescriptible.

— Où que t'as dégauchi cette volière? me fait-il.

Il a déjà les lampions qui lui dégringolent sur les joues.

— C'est Bouddha qui a guidé mes pas, dis-je. Imagine-toi que nous avons accosté dans une école de geishas en vacances.

— C'est pas possible!

— Textuel!

Conquérant, il promène son regard salace sur l'assistance.

— Alors, c'est à nous, tout ça?

***

La ravissante Monkusulakomodo nous guide jusqu'à une chambre dans laquelle nous enfermons le vieux type. Il délire et profère des mots sans suite.

— Que dit-il? demandé-je à ma souris jaune.

— Il dit qu'il est le fils de Dieu, fait-elle gravement.

— C'est le délire, mon chou, ne vous cassez pas la théière pour ça.

— Il faut prévenir le médecin.

— J'ai un docteur merveilleux. Téléphonons-lui.

Et je lui refile le numéro de Roult. Pendant que Béru veille l'agonisant, nous allons bigophoner dans le salon voisin.

Ces demoiselles préparent une collation pour nous; elles sont tout émoustillées par notre présence. Lulu m'explique que ses amies sont ravies car elles allaient précisément étudier l'amour français la semaine suivante et elles veulent épater leurs professeurs en leur démontrant qu'elles sont à la page.

Elles ont étudié tour à tour les amours élémentaires; l'amour anglais et l'amour américain; les amours sentimentales : l'amour allemand, l'amour russe et l'amour polonais; les amours sauvages : l'amour mongol, l'amour congolais; les amours propres : l'amour suisse et l'amour suédois; les amours polissonnes : l'amour belge; et enfin, tout à fait en fin de programme, les amours cochonnes : c'est-à-dire l'amour français.

— C'est donc considéré ici comme le nec plus ultra? je questionne, amusé.

— Non, il y a dans l'amour français une subdivision...

— C'est-à-dire?

— Les amours dépravées.

— C'est-à-dire?

— L'amour lyonnais.

Elle murmure, d'une voix qui n'ose laisser libre cours à l'espoir :

— Vous n'êtes pas Lyonnais?

— Moi, non, dis-je, mais mon compagnon l'est, lui.

Monkusulakomodo pousse un cri de joie et lance la bonne nouvelle à ses camarades de classe et les ravissantes pensionnaires battent des mains.

Tout en devisant, nous avons appelé l'Agence France-Presse. C'est Roult soi-même personnellement qui répond en chair et en os.

— J'écoute!

— San-A.!

— Mince! Depuis ce matin, j'essaie de te joindre à ton hôtel.

— Il s'est passé des choses étonnantes, faramineuses et antidérapantes, Roult. Viens me rejoindre dare-dare avec une ambulance.

— Avec une ambulance!

— Oui, il y a eu de la casse...

— Ton copain?

— Au contraire : mon ennemi intime. Vu les circonstances, je ne peux pas l'emmener à l'hosto. Si tu avais un petit coin peinard où nous aurions la faculté de le soigner sans la faculté des sciences de Tokyo...

— Je vais aviser. Quel Bouzin! Où es-tu?

Je pose la question à Lulu et je réponds :

— A l'Ecole spéciale de Geishas de Bhoufémon.

Un silence, je crois que nous sommes coupés (comme disait un de mes amis rabbins) et je brame : « Allô! ».

— Oui, m'esquinte pas les tympans, marmonne Roult. Qu'est-ce que tu fiches dans cette honorable institution! Comment y es-tu entré? C'est un endroit très fermé.

— Une maison close, en somme?

Il se marre.

— Et le cheptel, il est chouette?

— Tu verras.

— O.K., je fais le nécessaire. Mais on peut dire que tu me files dans un drôle de maverdavier. Je serai là-bas d'ici un couple d'heures...

— Merci, boy.

L'âme en fête, nous passons à table, Béru et moi. Collation de gala, mes amis; jugez-en plutôt : riz farci aux ailes de libellules, oreilles de hannetons frites dans l'huile de coude et pistil de pistache au pisse-vinaigre. Mais ce ne sont point tant les mets qui nous enchantent que les serveuses! Ces demoiselles sont pleines d'attentions délicates. Elles nous font manger, nous massent le ventre pour nous faire digérer, grattent le trou de leur luth en chantant une mélopée à loilpé, nous essuient la bouche, nous versent du thé (Béru a demandé du beaujolais mais la dernière bouteille Ju-lié-na a été bue par le professeur d'amour lyonnais lors de son dernier stage dans l'établissement).

Après le dessert, nos ravissantes hôtesses nous sollicitent, nous provoquent, nous supplient, nous aguichent, nous titillent, nous pressent, nous compressent, nous caressent, nous invitent, nous accueillent, nous reçoivent, nous conçoivent, nous apprécient, nous le disent, nous le montrent, nous le prouvent, nous le signifient, nous embrassent, nous enlacent, nous bravent, nous dépravent, nous dévorent, nous consomment, nous ponctionnent, nous déboutonnent, nous échangent, nous refilent, nous assaillent, nous adoptent, nous interchangent, nous enveloppent, nous développent (dans le sens de la longueur), nous bouleversent, nous ébahissent, nous ébaubissent, nous épongent, nous comblent, nous vident!

Le Grand Vertige! Le goinfrage suprême! La volupté démesurée!

Le Gros est K.-O. Moi z'aussi.

— J'ai dû m'en payer une demi-douzaine, soupire-t-il. Quand c'est que je raconterai ça à la Grande Cabane, on croira que je bluffe. Mais t'es témoin, hein, San-A.! Tu pourras te porter gérant!

— Je suis plus que témoin, Grosse Pomme, je suis coactionnaire majoritaire. Pour moi, ç'a été quatorze nanas!

— Ton record?

— Mon record! Dommage qu'il ne soit pas homologué par la F.F.Z. (1).

Il exulte, le Béru.

— Vois-tu, me dit-il, j'en ai plus appris sur l'amour en une heure que pendant des années. Pourtant, Berthe, tu connais sa réputation. Au dodo c'est pas un bonhomme de neige ni la momie de Tous-en-Camion. Elle connaît des trucs que t'aurais beau chercher tu les trouverais pas sur le Larousse. Mais à côté de ces mousmés, elle a pas plus de tempérament qu'un manche de pioche, la pauvre biquette! A partir de dorénavant, quand j'y rendrai mes devoirs... culjugaux, faudra drôlement que je me fasse mousser la gamberge!

Il se tait, car les petites geishas s'annoncent, en délégation. Elles se prosternent devant nous et la plus âgée, une certaine Lu-Thi-Né nous remet : à moi une petite fleur de lotus en or massif et à Bérurier une petite fleur de nave en argent. Ce sont là, m'explique Lulu, les plus hautes récompenses décernées par la Fondation, pour prouesses amoureuses.

La fleur de lotus n'a été décernée jusque-là que trois fois : deux fois à titre posthume, car les récipiendaires étaient morts sur le coup, et une fois à titre honorifique à un certain Cha-Rpi-Nhî qui, lui, avait obtenu la récompense en qualité de geisha d'honneur. Quant à la fleur de

(1) Fédération Française de Zizi-Panpan.

nave d'argent, bien que plus répandue, c'est néanmoins une distinction très recherchée. Le Gros est aux anges (ce sont des rencontres courantes au septième ciel) et il promet de ne jamais la quitter.

Je retourne au chevet de notre vieux Chnock. Il n'est pas encore clamsé, mais franchement, si vous avez un placement à faire, ne mettez pas votre pognon sur sa peau, vous risqueriez une déconvenue.

Je perçois les mugissements impérieux d'un klaxon et je me dis que ça doit être Roult. En effet, notre petit camarade est là, devant la grille (en bambou) de la propriété, au volant d'une ambulance.

Je délourde et il se met à ouvrir des vasistas de cérémonie en reluquant les pépées.

— Vous avez les jambes en forme de double « v », toi et ton ami, me dit-il.

— Il y a de quoi. Je te raconterai tout en cours de route, évacuons en vitesse, mon bonhomme.

Il déroule un brancard pliant et nous nous précipitons pour charger le petit vioque. Mais, en entrant dans la pièce où gît le blessé, Roult s'immobilise.

— C'est pas possible! murmure-t-il.

— Quoi?

— Tu sais qui c'est, ce type?

— Pas la moindre idée.

— C'est Boku-Hokury, l'une des plus fameuses

familles de l'empire japonais; et en tout état de cause la plus riche. Il pèse des millions de dollars, ce brave homme!

— Tu es sûr?

— Tu parles! Je l'ai vu plus de cent fois dans des manifestations officielles. Il a l'industrie lourde, l'armement, les banques, les manufactures de vermicelles et la marine marchande. L'empereur lui-même tremble devant lui.

Je me gratte le crâne.

— Tu m'en bouches un coin!

— Et moi tu viens de me faire perdre ma place. Bien heureux encore si on ne m'embastille pas après un coup pareil.

— Personne ne saura rien.

— Tu te crois où, chez les Papous? La police nippone vaut la nôtre, mon fils. Il va y avoir enquête et...

— Ménage tes méninges, j'ai plusieurs cordes à mon arc. On déblaie le père Boku-Hokury et je te mets au parfum en cours de route.

Nous v'là donc partis : Roult, Béru, le vieux coing et moi. Adieux émouvants de la merveilleuse volière. Ces demoiselles ont des larmes au bord des cils. Elles nous font adieu avec leurs éventails. Béru a la gorge nouée comme la ceinture de chasteté d'une femme de Croisé.

Enfin on est parti.

— Tu as déniché un endroit pépère? je demande à Roult.

— Chez Barbara.

— T'es dingue! Jamais on pourra passer inaperçu en montant notre zig au sixième étage de son building!

— Aussi n'allons-nous pas à son appartement à Tokyo, mais à sa maison de campagne que notre rousse amie possède à Tchochi.

— Ça ne l'ennuie pas trop que nous abusions de son hospitalité?

— Barbara! Plus on abuse d'elle, plus elle est contente, gouaille Roult.

***

Trois quarts d'heure plus tard, l'ambulance se pointe dans la propriété de la pétulante Mrs. Takemehall. Celle-ci nous attend, en bokono (1) vert émeraude. Elle prend un bain de soleil à l'ombre d'un palétuvier à feuilles d'acanthe et à chapiteau corinthien, une bouteille de scotch à portée de sa jolie main.

— Hello! fait-elle en nous voyant venir.

— Inutile, je le bois sec, répond Béru, qui a compris « Et l'eau? » alors qu'il louchait sur la boutanche de William Lawson's.

Il fait un baisemain à notre hôtesse. Mais c'est une formule de politesse trop au-dessous de l'appétit de la dame qui se met à lui dévorer la bouche à pleines dents. Protestations du Gros

(1) Le terme bikini a été prohibé au Japon à la suite des essais atomiques qui y furent faits.

qui a fait des heures supplémentaires et n'aspire plus qu'au repos. Barbara en conçoit de l'humeur.

— Aô, fait-elle, vous êtes peut-être impouissant?

Lors, le Mahousse désigne sa boutonnière.

— On cause pas comme ça à un homme qui porte cet insigne, Mâme Barbara, déclare-t-il.

Nous les laissons s'expliquer et emmenons le père Boku-Hokury dans la piaule qui lui est réservée. Lorsqu'il est couché, Roult, qui a été brancardier dans les limonadiers pendant la dernière guerre, examine la blessure du bonhomme.

— Pas très joli, fait-il. Il s'est fracassé la mâchoire?

— En tombant la tête la première sur le pontage d'un canot d'une hauteur de six mètres.

— Bigre! Je vais appeler un médecin.

— C'est risqué!

— Non. J'ai un copain belge qui travaille à l'université d'ici et qui fera ça pour moi.

Il bigophone, ensuite de quoi je lui narre les événements par le menu. Ça le sidère.

— Du diable si je pige quelque chose à cette histoire! murmure Roult. Que peut bien représenter cette enveloppe, je me le demande! J'ai mis une annonce ce matin dans le hall de l'agence et un professeur suisse, spécialisé dans les langues orientales, s'est présenté.

Je fronce les sourcils.

— Comment ça? Tu devais montrer l'enveloppe à Sir Prise-Party?

— Oui, mais manque de pot, il venait de rentrer à Londres. Alors j'ai eu l'idée de mettre un écriteau ainsi libellé : « Cherchons Européen spécialiste des textes orientaux pour déchiffrage d'un document. »

Je me fous en renaud.

— T'es c... pour de bon, ou tu le fais exprès, Roult?

— Ben quoi, il fallait bien qu'on arrive à un résultat!

— Et tu l'as obtenu, ce résultat?

Il secoue la tête.

— Non. Le type qui est venu et à qui j'ai montré l'enveloppe, bien qu'il eût une tête de rat de bibliothèque, n'a pas su déchiffrer le texte.

— Personne d'autre ne s'est présenté?

— Non, personne.

— Bigophone tout de suite à ta secrétaire pour lui demander de retirer l'écriteau.

— Inutile, je l'ai fait moi-même avant de m'en aller!

— Heureusement!

Nous allons boire un godet en compagnie des tourtereaux. Béru a retrouvé de sa superbe et fait le joli cœur sur le gazon avec sa belle amie en bokono.

— Je crois que décidément j'ai le ticket maison, me souffle-t-il en aparté. Elle vient de me dire que j'étais son genre à bloc. Elle aime les hommes gros et forts qu'ont des cicatrices et des manières brusques; mon cas, en somme.

Au bout d'un moment, il se lève et demande la permission d'aller téléphoner. Je le rattrape de justesse.

— C'est Berthe que tu appelles?

— Oui, avoue-t-il en rosissant, cette fois mon tabouret est fait, San-A. Je crois que cette femme me convient et que je m'adapterai à la vie japonaise.

J'essaie de le raisonner, mais le Gros est commotionné et il ne veut rien entendre.

— Tu ne pourras pas exercer ton métier ici, voyons, Béru!

— Tant pis, j'en ferai un autre.

— Lequel?

— Ne serait-ce que professeur de lyonnais dans les écoles de geishas!

— Attends au moins demain avant de téléphoner.

— Non.

— Si! hurlé-je. Nous devons être recherchés, et si tu demandes la communication pour la France nous serons repérés. Je te défends d'appeler, Béru, c'est un ordre!

Il se résigne.

— Très bien, j'attendrai. Mais si tu espères que je vais changer d'idée, tu te colles le doigt dans l'œil jusqu'au fémur!

Là-dessus, le copain toubib de Roult se pointe. C'est un jeune garçon blond, dynamique.

Roult lui demande de soigner un blessé sans poser de questions. Le toubib tique un peu, mais il acquiesce.

Nous assistons à l'examen du père Boku-Hokury. Le doc fait la grimace.

— Pas brillant.

— Fracture du crâne? je questionne.

— Non, mais traumatisme sérieux. Il a beaucoup saigné?

— Pas mal, merci.

Sans mot dire, il lui fait une piqûre pour soutenir le battant du vieux coing.

— Il faut absolument lui faire une transfusion sanguine. Seulement pour cela il doit être en clinique.

— C'est provisoirement impossible, affirmé-je. Ne pouvez-vous pratiquer cette transfusion ici?

— Compliqué.

— Il le faut, toubib, soupire Roult. Nous sommes dans la chose jusqu'au trognon, si vous faites la moindre vague nous risquons une intoxication!

Il sourit.

— Bien. Je vais déterminer son groupe sanguin.

Nous le laissons procéder à son analyse.

— Groupe O! annonce-t-il. Qui parmi vous appartient à cette classification?

— Bérurier! m'exclamé-je. J'en suis certain.

Nous appelons le Gros. Nous avons quelque

peine à le dénicher car il s'était enfermé dans la chambre de Barbara. Il réapparaît, chancelant et barbouillé de rouge à lèvres comme une selle d'agneau est barbouillée de moutarde.

— Quoi t'est-ce? bougonne mon célèbre écuyer, y a plus moyen de discuter en tête à tête avec une dame sans qu'on vienne vous faire tartir et ce en pleine minute gynécologique!

— Tu veux sans doute dire « psychologique »? proposé-je.

— Ecrase avec le vocabulaire, San-A. Qu'est-ce que tu veux?

— Ton sang!

— Débloque pas et dis-moi ce que tu veux!

— Je te le répète : ton sang!

— Pour quoi fiche?

— Tu es de quel groupe?

— Zéro.

— Alors tu es bien l'homme qu'il nous faut! On va faire une transfusion au vieux pour l'empêcher de clamser.

L'indignation de Bérurier ressemble à un typhon sur la Jamaïque.

— C't' une plaisanterie ou quoi t'est-ce! s'insigne-t-il. Moi! Refiler mon bon raisin à ce tordu qui voulait me faire becqueter par les fourmis voilà seulement quelques heures!

« Du sang français, élevé au bœuf de premier choix et au beaujolais contrôlé! J'irais le refiler dans les égouts de Môssieur! Un raisin qui titre ses 16 degrés de tension! Que t'aurais beau le bigler au migrostock que tu y trouverais même pas un microbe gros comme un dé à coudre ! Du sang de chez nous, que même pour la patrie ça serait ballot de le verser, j'en ferais cadeau à ce vieux syndic ! Apprends une chose, San-A. : c'est que quand je trinque avec mon raisin, je choisis les partenaires ! »

Il s'éponge.

— Ecoute, Gros, ce vieux crabe est la seule personne qui puisse nous apprendre la vérité sur ce galimatias. Nous devons coûte que coûte le sauver. Une petite saignée ne te fera pas de mal.

— Parle-moi-z'en ! Avec ces parties de plumard, je me sens déjà mou comme un navet cuit.

— Peu importe ! Ce sang généreux, Béru, il faut en offrir une tournée à la Vérité, notre patronne à nous autres flics !

L'œil humecté, il se décide.

— Bon. Mais pas plus d'un demi-litre ! C'est vraiment de la confiture donnée à un cochon.

Les pourparlers ayant abouti, la transfusion s'effectue.

Nous retenons notre souffle pour voir Boku-Hokury retenir le sien. Vers le milieu de cette opération, il reprend connaissance. Ses paupières de crapaud se soulèvent, un regard indéfinissable, mais déjà vif se met à balayer la pièce. Il regarde le médecin, il me regarde, il regarde Roult. Puis ses yeux se tournent lentement en direction du Gros qui, allongé sur un canapé, lui refile un peu de sa vie. Môssieur La Dorure a beau être doté d'une grande impassibilité, il a un très léger sursaut. Ses paupières s'abaissent et il murmure d'une voix que la perte de ses dents et la fracture de sa mâchoire rendent difficilement audible :

— Votre témérité n'a d'égale que votre générosité, ô étrangers!

— Amen! lâche Bérurier.

Je lui enjoins de se taire. Ce que j'espérais ardemment s'est donc produit : le vieux est en mesure de parler.

— Parler vous fatigue-t-il? je lui susurre au creux des feuilles.

— La mort sera mon repos, réplique le petitout.

— Tiens, encore un qu'a lu Sacaissepart, ne peut s'empêcher de grommeler l'Empereur des truffes. Si c'est pour lui permettre de dégoiser de la littérature que vous me piquez ma gelée de groseille, je demande un remboursement anticipé!

— Silence! intimé-je.

Mais le Gros est aussi duraille à intimer qu'à intimider.

Boku-Hokury soupire :

— Chevaleresque Français, ma fortune sera à vous si vous la convoitez, mais de grâce, rendez-moi le message!

— Le voilà qui fait de la putréfaction de fonctionnaire, souligne Béru.

— Quel message? demandé-je au Gnome.

— L'enveloppe.

Alors là, j'y vais de ma tyrolienne à pas de vis inversé.

— Ecoutez, monsieur Boku-Hokury, je vais vous faire une confidence : l'enveloppe est bien en notre possession, en effet, mais nous ignorons sa signification. Dites-la-nous, et peut-être alors vous la rendrons-nous... Au lieu de nous kidnapper et de nous torturer, vous auriez peut-être mieux fait de commencer par là!

Le petit Jaune a une faible approbation.

— Eh bien, soit! D'ailleurs mon temps est compté maintenant et l'heure approche où je vais aller retrouver mes ancêtres.

Touché, le gars Béru proteste.

— Vous caillez pas le sang, pépère, d'ailleurs maintenant c'est le mien qui coule dans vos tuyaux. Et souvenez-vous d'une chose, c'est qu'un raisin signé Bérurier est garanti pour des années...

— Merci, vaillant policier français.

— Pas de quoi, seulement faudra que je me refasse des calories si je veux devenir professeur de lyonnais.

— J'ai soif, chuchote Boku-Hokury.

— Voulez-vous un peu de thé?

— Non.

— De l'eau?

— J'aimerais mieux du vin, fait le transfusé. Je n'en ai encore jamais bu.

On se regarde, Roult et moi.

— C'est le sang de ton ami qui commence à faire de l'effet, rigole-t-il.

Nous abreuvons le vieux Jap. Il clape de la menteuse et assure que c'est un divin nectar.

— Laissez la bouteille à promiscuité de ma main, implore l'Enorme, j'en ai encore plus mieux besoin que lui!

Mais revenons aux révélations du blessé.

— Approchez-vous, mes forces déclinent. Et j'ai du mal à parler...

C'est parti, mon kiki! Et comme c'est long, tortueux, étonnant, compliqué, formidable, historique, japonais et entrecoupé de silences, je préfère vous le résumer succinctement, car avec le paquet de coton que vous avez dans le caberlot, il vous faudrait soixante-quatre ans pour piger. Vous y êtes, les z'enfants? Débouchez-vous les pavillons, croisez les bras et prêtez-moi toute votre attention, je vous la rendrai à la sortie.

Au milieu du siècle dernier régnait un célèbre empereur plein de bonté et de sagesse du nom de Tafégalva-Nhisétonku. Le dieu-monarque (1) n'avait qu'un défaut (mais en est-ce un?) : il aimait trop caramboler les chambrières. Et c'est ainsi que tout dieu qu'il était, il fit un lardon à

(1) Au Japon, l'empereur est dieu. Et il l'était beaucoup plus au siècle dernier. Les jurons courants étaient alors « Nom d'empereur! Bon empereur de bon empereur! et B... d'empereur! »

l'une d'elles, la belle, la douce, la pathétique Handofé. La loi du Shogounat était formelle : l'empereur, marié ne pouvait reconnaître l'enfant d'une roturière. Aussi maria-t-il Handofé à un riche fils de famille nommé Poulé-Hokury.

— Votre grand-père? interrogé-je.

— Mon père, rectifie le vieux.

— Mais quel âge avez-vous donc?

— Quatre-vingt-douze ans.

— On vous les donnerait pas, affirme Béru, vous êtes encore vert pour votre âge.

— Ainsi, s'exclame Roult, vous êtes l'enfant bâtard de l'empereur Tafégalva-Nhisétonku?

— Exactement!

— Mince! jubile Bérurier. Qui m'aurait causé qu'un jour je donnerais mon sang à un vice-empereur?

Mais Boku-Hokury a poursuivi...

— Au lieu de se désintéresser de l'enfant, le bon empereur s'y attacha. Comme il est dit dans la loi shogounat qu'un dieu-monarque ne peut établir un acte de reconnaissance en paternité, Tafégalva-Nhisétonku tourna la difficulté. Quelques heures avant sa mort, il rédigea une enveloppe en langage shogounat (1) ainsi libellée : « Au fruit de ma chair, le Vénéré Boku ».

Et, dessous, en japonais normal :

« Aux bons soins de Poulé-Hokury en son palais de Yokohama. »

(1) Ou Japon Impérial.

Il timbra avec un timbre réservé au souverain et chargea son chambellan, Vavi-Démonpô, d'aller poster la lettre, ce que l'autre fit. Mais le chambellan connaissait le langage shogounat et, lorsque le monarque défunta, un peu plus tard, il n'eut rien de plus pressé que d'aller rapiner le truc au nouvel empereur Cétoloto-Ktatouperdhû. Le successeur de Tafégalva-Nhisétonku comprit le danger que constituait cette lettre et il posta des sbires devant le palais des Hokury avec mission de s'emparer du courrier; ce qui fut fait. L'enveloppe revint donc au Palais Impérial où on l'enferma avec les archives secrètes, car il est dit aussi dans la loi shogounat qu'on ne peut détruire un texte écrit de la main d'un empereur sous peine de revivre après sa mort sous la forme d'un porc pendant cent mille générations.

Le transfusé ferme ses yeux. L'épuisement le gagne. Vu son âge, ça n'a rien de surprenant.

Je prends le toubib à l'écart.

— Vous ne pourriez pas lui faire une nouvelle piqûre d'un tonique cardiaque?

Il a justement sur lui un excellent régulateur des contractions du cœur; d'origine british : le Toni-Armstronjohn's, à base d'hyposulfite. Il l'administre à Boku Hokury qui, illico, reprend des forces et se remet à révéler.

Un traître est toujours un traître. Le chambellan félon qui trahit la mémoire de son empereur Tafégalva-Nhisétonku eut la langue trop longue et ne parla pas seulement de la terrible enveloppe à son nouveau maître, mais aussi à ses maîtresses, qui en parlèrent à leurs autres amants, qui le dirent à leurs épouses, qui le racontèrent à leurs amants et c'est ainsi que la nouvelle s'ébruita. Certes, le chambellan fut puni, et ce de façon désagréable, puisqu'on lui ouvrit l'abdomen sur une largeur de soixante centimètres et qu'on emplit celui-ci de poivre moulu et de piment rouge avant de le recoudre, mais une certaine partie de la population n'en connut pas moins le secret.

Les années passèrent. Boku Hokury sut qu'il était fils d'empereur mais rien ne le prouvait officiellement, sinon le message fameux. Hélas! Celui-ci dormait dans les coffres souterrains du palais. La dynastie changea et personne ne pensa plus à l'incident. Personne, sauf Boku qui, sa vie durant, remâcha la plus affreuse des amertumes. Et puis un jour...

Un jour de la semaine passée, l'ambassade japonaise de Paris organisa une exposition sur l'art japonais ancien. Un congrès de philatélistes demandèrent que l'on produisît un exemplaire du premier timbre privé des empereurs. Celui-ci était tellement rare qu'on ne l'avait jamais vu.

Le gouvernement nippon savait qu'il en existait un au Palais : celui qui était collé sur la fameuse enveloppe, vous pigez, mes agneaux?

Il y eut des hésitations, et puis, il fut décidé que, pour le prestige jap, on enverrait l'enveloppe à Paris pour y être exposée. Près d'un siècle s'était écoulé. L'enveloppe-testament était devenue une sorte de confuse relique. Mais Boku sut la chose. L'occasion qu'il avait attendue toute sa longue vie (comme on dit dans les aciéries) se présentait enfin. Il avait la possibilité de rentrer en possession de son bien puisque, pour la première fois, l'enveloppe sortait des coffres secrets du Palais Impérial. Il s'assura les services d'un ancien chef de la gestapo japonaise : Fouzy Houtusé et de son équipe. A prix d'or, il les expédia à Paris avec ordre de s'emparer coûte que coûte de l'enveloppe et de la lui ramener.

Maintenant je pige tout : l'attentat à l'ambassade, la nitroglycérine dont s'était muni Fouzy Houtusé pour le cas où l'avion tomberait... Oui, sauf une chose.

— Dites-moi, monsieur Boku Hokury, comment se fait-il que deux honorables Japonais se soient suicidés après avoir lu l'enveloppe?

Boku réclame une nouvelle gorgée de beaujolais, puis, l'ayant bu et déclaré excellent, il explique :

— Il est dit, dans nos textes sacrés, que qui touchera de ses doigts un texte écrit par un empereur sera maudit pour l'éternité s'il ne met fin lui-même à ses jours dans l'heure qui suit!

Cette fois tout est clair, net et sans bavure.

La transfusion est finie depuis longtemps. Béru s'en est retourné auprès de son égérie.

Nous apportons le téléphone à ce pauvre Boku afin de lui permettre de donner des instructions chez lui. Ses troupiers vont venir le ramasser en ambulance et je lui promets solennellement de lui faire parvenir sa chère enveloppe-acte-de-naissance dans les heures qui suivent.

Ça le dope!

CHAPITRE XI

— Je passe chercher l'enveloppe à mon bureau et je vous rejoins à votre hôtel, nous dit Roult en nous larguant devant le Palace.

La nuit descend sur Tokyo. Une nuit immense et veloutée.

Le portier nous remet un câble qui vient d'arriver de France. Je m'empresse de l'ouvrir. Le Gros est déjà dans l'ascenseur et il rouscaille.

— Tu rappliques, oui? Je suis vanné, je crois que je vais prendre un bain pour me retaper. Ça ne m'est pas arrivé depuis le mariage de mon neveu...

Je le rejoins en ligotant le télégramme.

— C'est du Vieux?

— Oui.

— Qu'est-ce qu'il invente encore pour nous les briser, ce tordu?

— Ecoute ça : *Toujours sans nouvelles Pinaud. Stop. Jeune Asiatique assassinée travaillait ambassade Japon. Stop. Cadillac fut louée à client japonais. Stop. Reçois à l'instant promotion*

Bérurier Inspecteur Principal. Stop. Lui adresse félicitations. Stop. Prière envoyer nouvelles. Stop. Amitiés.

Le liftier actionne la manette des gaz et nous nous élevons dans l'air qui sent le chrysanthème. Je regarde le Gros avec attendrissement. Il est droit, les talons joints, les mentons relevés, le regard fixe. Ses grosses lèvres sont agitées d'un petit tremblement convulsif. Et soudain, comme la cage de fer atteint le second étage, il éclate en sanglots, épouvantant le groom qui se demande s'il ne pique pas une crise de délirium plus ou moins mince.

— Ah! San-A, mon pote! San-A., San-A.! pleure le bon Béru. Est-ce possible! Dis, est-ce possible! Moi, Bérurier, Inspecteur Principal?

— Eh oui!

— Pour de vrai?

— Mais oui, Bonne Pomme, pour de vrai.

Je lui prends la main et la secoue énergiquement.

— Toutes mes félicitations, mon vieux haricot! Tu ne l'as pas volé!

Il hoche la tête et à travers ses suffocations, murmure :

— M'appelle plus vieux haricot, je t'en prie. Un Inspecteur Principal, ça ne se fait pas.

Comme depuis près d'une minute le liftier attend, grilles ouvertes, notre bon plaisir, je pousse l'Inspecteur Principal hors de la cabine.

Il marche dans une lumière bleue frangée d'or. Il a au-dessus de sa tête le reflet des élus fiché entre les cornes.

Parvenu devant la porte de sa chambre, il me saisit le bras et déclare :

— Tu te rends compte ! Le jour où ce que ma pauv' mère m'a mis au monde, si qu'une fée lui aurait dit : « Votre fils sera Inspecteur Principal un jour ! »

— Que veux-tu, philosophé-je, c'est comme Mme Hugo, le jour où elle eut son fils Victor ; si on lui avait dit...

Le Gros se rebiffe :

— Tu vas pas comparer un mec qu'écrivait des couenneries en vers même, à ce que je m'ai laissé dire, avec un Inspecteur Principal !

Il lève ses bras en un geste de reconnaissance infinie.

— Ce que la Berthe va être soufflée !

— Je croyais que tu voulais demeurer au Japon et refaire ta vie avec Barbara ?

— Après ma promotion, c'est pas possible, San-A., réfléchis. Tu te rends compte, tous les anciens collègues qui me charriaient et que je vais pouvoir faire ch... maintenant ! Tu voudrais que je rate une occasion pareille ?

— Evidemment. Mais n'oublie pas que la fonction crée non seulement l'organe mais aussi des obligations.

— Par exemple ?

— Un Inspecteur Principal doit avoir les pieds propres!

— Ah oui?

— En permanence!

— Même pendant ses vacances?

— Oui, Béru, même... Et il doit posséder une certaine instruction.

— Alors là, écrase; je suis paré. J'ai un bagage.

— Ton bagage n'est même pas un baluchon.

— Tu exagères, je sais plus de trucs que tu t'imagines. Tu oublies que je suis été en classe jusqu'au certificat et que si je l'ai raté c'est uniquement à cause de la dictée, du calcul et de l'histoire de France!

J'entends carillonner le bigophone dans ma turne, aussi laissé-je le Mastar compléter son panégyrique en solo.

Je me précipite et je décroche. C'est Roult. Il a la voix altérée d'un gars qui se promène depuis huit jours dans le Sahara en cherchant un bistrot.

— Une catastrophe, San-A.!

J'ai déjà presque deviné.

— Vas-y!

— On a volé l'enveloppe!

— Qu'est-ce que tu dis?

— Ma secrétaire a reçu dans l'après-midi un coup de fil mystérieux, quelqu'un l'appelait de ma part et lui demandait de prendre un taxi et d'aller à Kawasaki m'attendre devant le Grand

Hôtel. Comme on lui téléphonait en français, elle a cru son correspondant et a filé. Pendant son absence, on a ouvert mon coffre et piqué l'enveloppe. Du travail de professionnel : la serrure n'a pas été forcée.

Je suis anéanti.

— C'est vache pour le père Boku. Nous qui lui avions promis de lui rendre son bien.

— Et c'est vache aussi pour nous, car il va croire que nous l'avons repassé. Il est extrêmement puissant et ça m'étonnerait que nous restions longtemps sur nos deux pattes !

Je bous.

— Si tu n'avais pas mis cet écriteau stupide ! Ton visiteur de ce matin est venu repérer le document et l'endroit où tu le planquais. C'est sûrement lui qui...

Je me tais car une idée aux griffes recourbées me saute sur le cervelet et s'y cramponne.

— Mais dis donc, Roult...

— Oui ?

— L'incident donne une relance à l'affaire !

— Comment ça ?

— Il nous prouve que d'autres gens que ceux de la bande à Boku s'intéressent à l'enveloppe !

— Exact.

— Bon, ne touche à rien et ne préviens personne d'autre, j'arrive.

CHAPITRE XII

Il fait une triste gueule, Roult. Une gueule qui n'est pas sans évoquer la gueule de bois d'un type qui aurait picolé dix litres d'alcool de riz.

— Je suis navré, San-A.

— Moins que moi. Bon, voyons ce coffre...

Il s'agit d'un coffre japonais scellé dans le mur. Sa porte a au moins quinze centimètres d'épaisseur. Elle est béante.

— Qui possède la clé, à part toi?

— Il n'y a pas de clé, la combinaison suffit. Lorsque tu la composes sur le cadran que voici la porte s'ouvre toute seule.

— Ta secrétaire avait la combinaison?

— Non. Et puis ne te monte pas le bourrichon : la blonde est au-dessus de tous soupçons.

— On voit que tu n'es pas flic pour avoir des illusions pareilles.

« Peu importe, parle-moi du visiteur de ce matin. Il était suisse, dis-tu? »

— C'est plutôt lui qui me l'a dit.

— Il ne t'a pas donné son blaze?

— Si, mais je n'y ai pas trop pris garde. C'était un truc comme Huller, Hallers...

Je bondis.

— Helder?

— Banco! Et c'est moi qu'Helder d'un c...!

— A quoi ressemblait-il? je tranche.

— Teint jaune, nez pointu, barbe abondante tirant sur le roux, et lunettes à grosse monture d'écaille.

— Roult, il faut immédiatement que je téléphone en France!

— Facile : j'ai des crédits et la priorité presse.

Nous demandons le tubophone du Vieux. En attendant la communication, je commence une rapide enquête. La blonde secrétaire passe sur la sellette. On dirait une sainte de vitrail. Notre-Dame de la Sellette!

— Dites, beauté, c'est vous qui avez réceptionné le barbu de ce matin?

— En effet.

— Comment s'est-il présenté?

— Avec beaucoup d'autorité. Il m'a dit qu'il venait à propos de l'annonce du hall et qu'il était professeur à l'Université de Neuchâtel en Suisse. Je l'ai annoncé à Gilb..., à M. Roult.

Roult rougit. Quel chaud lapin! Je suis prêt à vous parier un pléonasme en bon état contre une arme à répétition enrayée qu'elle ne s'assied pas sur une chaise lorsqu'il lui dicte le courrier.

— Ensuite?

— Eh bien, M. Roult l'a reçu.

— Vous l'avez raccompagné lorsqu'il est sorti du bureau?

— Oui. Vous l'avez pas vu de quel côté il se dirigeait une fois dans la rue.

— Non.

— Dommage.

— Pourtant...

— Oui?

Elle est dubitative. Je vais pour insister lorsque le téléphone retentit. C'est le Vioque.

Je lui narre notre odyssée stupéfiante de la journée. Il émet quelques exclamations fort bien venues, me complimente et se tait lorsque je lui annonce que la p... d'enveloppe a disparu.

— Pouvez-vous me donner le signalement de Helder, patron?

— Une seconde.

Je l'entends farfouiller dans des papiers.

— Tu me le passeras que je lui dise un petit bonjour, fait Roult.

— Allô! San-Antonio?

— Oui, patron?

— C'est un homme mince, avec une barbe tirant sur le roux et de grosses lunettes d'écaille.

— Alors c'est lui qui a volé l'enveloppe. Et ça ne me surprend pas, car le timbre qui y est collé a une valeur colossale. Cette sacrée enveloppe vaut une fortune à deux titres différents.

— Ce n'est pas Helder qui a pu voler l'enveloppe, affirme sentencieusement le Genou.

— Pourquoi?

— Parce qu'il est à Paris. Mathias qui le surveille discrètement sort de mon bureau en m'affirmant qu'il vient de le quitter à son domicile où il donne une soirée. Si Mathias le dit, on peut le croire.

— Alors j'y perds mon latin, fais-je. Bon, à suivre. Je vous tiendrai au courant. En attendant, je vous passe Roult.

Roult empoigne le combiné.

— Alors, Toto, fait-il, toujours chauve?

J'imagine la bouille du Vieux en s'entendant traiter de la sorte devant l'un de ses collaborateurs.

— Dis donc, ton San-Antonio, c'est un type sensas. Avec lui y a de la distraction! Bon, je veux pas ruiner ma société, je te fais la bibise maison au sommet de ta coquille.

Et il raccroche.

— Je ne savais pas que vous étiez aussi intimes, bégayé-je.

— Tu parles, on était dans le même réseau de Résistance pendant la guerre. On s'est sauvé la vie mutuellement une bonne douzaine de fois.

Je reviens à l'interrogatoire de la pin-up au clavier universel mais aux roploplos hors série.

— Vous alliez dire quelque chose de passionnant, mignonnette?

— N'exagérons rien. Simplement, en partant d'ici, le Suisse a demandé un renseignement à l'agent qui faisait la circulation au carrefour, je l'ai vu par la fenêtre!

Je bondis!

— Dieu soit loué!

Et me tournant vers Roult.

— Tu as compris?

Il soupire et saisit son veston posé sur le dossier de sa chaise.

— Tu parles! Tu veux que j'aille au poste de police pour retrouver ce flic et le questionner?

— Exactement! Tu parles jap et tu n'es pas repéré par les poultocks, ça t'est plus fastoche qu'à bibi.

— Vu, attends-moi là, Miss Carbone va te tenir compagnie.

***

Compagnie agréable, je dois le dire. La blonde enfant constitue un jeu de patience agréable. Je lui dis qu'elle a une poitrine du tonnerre et elle m'informe que c'est de naissance. Comme j'émets hypocritement des doutes, elle me fait toucher. Bref, une chose en amène une autre et voilà que je me retrouve dans la situation du type qui doit prouver que si le cheval est la plus belle conquête de l'homme, l'homme, en revanche, est la plus belle conquête de la dame. Je fais de louables efforts pour oublier que j'ai eu quatorze élèves particulièrement douées dans la journée et j'y vais d'un cours du soir à tarif double. Je lui joue « Nuit sur la Baltique », avec solo de balalaïka; je lui réussis « Le Casse-noisette bulgare », puis « Le Portique Olympique » et j'en suis à la scène culminante de « Le Facteur frappe toujours deux fois » lorsque Roult radine. Il est joyeux.

— Je tiens le bambou, mon petit père ! exulte-t-il.

Et, balançant les bras il scande (Comme Maurice E) tout en marchant au pas :

— Tiens ! Voilà du Bouddha ! Voilà du Bouddha ! Pour les Suisses et les Lorrains, et les Alsaciens.

— Et alors, mon légionnaire ! trépigné-je. Le résultat de votre enquête !

— Je sais tout !

— A savoir ?

— L'adresse du gars !

— Raconte !

— Eh bien ! je suis allé au poste de police ! J'ai demandé après l'agent en faction ici ce matin. Je l'ai vu et interviewé. Notre type l'a abordé en effet. Mais comme il parlait français il n'a pas très bien saisi. Alors il lui a dit d'aller voir une petite vendeuse du magasin de postes à transistors voisin.

« Notre Helder y est allé. Il a discuté avec la fille, une ravissante petite Jap. Il lui a demandé où il pourrait se procurer des gants de caoutchouc...

« Vous mordez ? »

— Parbleu, à cause des empreintes !

— Tout juste, Auguste.

— La fille lui a indiqué le bazar de l'autre rue. Mais ils ont bavardé un peu. Helder lui a demandé si elle voulait sortir avec lui ce soir. Elle a dit qu'elle était retenue ce soir, mais que demain ça marchait. Alors il lui a donné rendez-vous à son hôtel.

— Le nom de l'hôtel! Vite!

— C'est l'Ayoli-Céteski, un établissement assez modeste à quelques minutes d'ici. J'ai téléphoné à la direction pour demander s'ils avaient un client du nom de Helder, ils m'ont répondu que oui, mais qu'il était sorti.

Je presse Roult sur mon cœur généreux.

— Bravo! Tu as le numéro de sa chambre?

— Oui, c'est le 118. Tu veux que je t'accompagne là-bas?

— Non, il peut y avoir du grabuge. Tu t'es assez mouillé comme ça pour moi, Roult. Je vais opérer avec le gars Bé-Rhû-Rié! et en douceur encore!

— Dites, votre ami n'est pas Japonais, n'est-ce pas? roucoule la blondinette.

— Non, mon amour, il n'a que la jaunisse.

Je les quitte avec mille et une congratulations.

CHAPITRE XIII

Minuit, *the clock of the crime!* Je m'annonce à la réception de l'hôtel Ayoli-Céteski. Un gardien en veste blanche lit Thin-Thin, un fascicule illustré, derrière son comptoir.

— Je voudrais parler à l'un de vos clients qui a dû descendre ici dans la soirée, M. Bé-Rhû-Rié, dis-je.

L'autre opine, examine le livre des entrées et s'empare du téléphone.

— Qui dois-je annoncer?

— M. Dupont.

Il branche une fiche et le Gros joue les réveillés en sursaut. On m'annonce.

— Vous pouvez monter, chambre 124, annonce le veilleur.

Je remercie. Jusqu'à présent tout va bien. Béru est descendu à cet hôtel, mine de rien et s'est pris une piaule au même étage que le mystérieux Helder. Je le rejoins.

— Alors, Gros?

— L'oiseau est au nid!

— T'es sûr?

— Et comment! Je me suis ramassé un orgelet à l'œil à force de mater par le trou de ma serrure. Il est rentré vers onze heures et il vient à peine d'éteindre.

— Il est seulâbre?

— Comme un sapin de Noël dans un salon!

— Alors allons-y!

Béru masse son œil gonflé par le courant d'air de la serrure.

— Ce genre de truc, fait-il, ça ne rentre quand même pas dans les contributions d'un Inspecteur Principal!

— Si, mais tu as le droit de faire figurer la pommade sur ta note de frais.

— Ah! Bon!

Nous sortons à pas menus et nous nous approchons du 118. L'oreille plaquée au panneau de la porte, nous écoutons. Un léger ronflement nous parvient. Je ne sais si vous l'avez observé, mais il existe deux sortes de ronflements : le sifflement léonin et le sifflement vipérin. Celui qui nous parvient ressortit au deuxième groupe.

— Allons-y, fais-je au Gros.

Et je toque doucement à la lourde.

Le ronflement s'arrête. Je toque encore. Un rai de lumière filtre sous la porte.

— Qu'est-ce que c'est? demande une voix inquiète.

Je me pince le nez et je déclame, très vite et à voix basse :

— Mikiki niak Hou, Shofo Tuki ya ma motto!

Je suis paré, puisque, d'après l'agent interviewé par Roult, Helder ne parle pas le japonais.

— Une minute, fait la voix!

Bruit de fringues hâtivement passées. Un pas traîne sur le tapis, s'approchant de nous.

— Vous êtes le garçon d'étage?

— Yé, yé, M'sieur... gaçon d'étage!

Verrou tiré. La porte s'entrouvre. Nous avons la rapide vision d'un visage barbu et d'un type en chemise de nuit dont le pantalon tire-bouchonne par-dessous. C'est tout. Déjà Béru a bondi, tête baissée. Il percute le bonhomme qui s'en va valdinguer à l'autre bout de sa chambre. Presto j'entre dans la pièce et je referme.

Béru et le client de l'Ayoli-Céteski sont aux prises dans un corps à corps sauvage. La mêlée est confuse. Le combat est intéressant. Béru est mille fois plus fort, mais Helder douze mille fois plus souple. Je vois passer le râtelier de Bérurier à quelques encablures du visage, puis les lunettes de Helder. Ça se trémousse, ça se malaxe! Ça geint! Ça renifle! Ça mailloche! Enfin le combat ralentit. Helder a fait une clé au Gros qui, le cou coincé entre les jambes de son adversaire suffoque comme un perdu. Il fait une ultime tentative pour s'en sortir. Sa main part en avant, saisit la barbe rousse de Helder, tire! La barbouze lui reste dans les doigts.

Je regarde et je n'en crois pas mes yeux. Même à l'heure où j'écris, je doute encore de mes sens. L'homme débinoclé et débarbouzé, l'homme qui vient de juguler le taureau furieux qu'est Béru, cet homme, écoutez bien, vous tous qui êtes là à ouvrir des chasses aussi béants que les tiroirs d'une commode cambriolée, cet homme n'est autre que mon cousin Hector.

La minute qui suit est capitale!

Nous nous entre-regardons, nous nous entre-reconnaissons, nous nous désincrédulisons et nous nous exclamons :

— Hector!

— Antoine!

Hector desserre sa prise.

— Monsieur Bérurier! Je suis navré! Seulement mettez-vous à ma place, quand vous m'êtes entré bille en tête dans le placard j'ai pas eu le temps de vous reconnaître!

— Eh ben dites donc, murmure respectueusement le Gros. Pour les prises de judo vous en connaissez un rayon!

— J'ai potassé des tas de livres là-dessus pendant que j'étais au ministère. Je suis la seule ceinture noire à avoir appris le judo par correspondance.

Il se relève, s'époussette, remet de l'ordre dans sa chemise de nuit.

— Si je m'attendais à te trouver ici, Antoine!

— Et moi donc. On te cherchait partout!

— M'en parle pas, c'est tout un cinoche!

Diable! Diable! que se passe-t-il donc? Il est métamorphosé, Hector. Ça n'est plus la panosse de jadis, mais un type sûr de soi, intrépide, farouche. Il parle argot! Je le vois prendre un paquet de Go-Loa-Se sur la table et craquer une allumette après son pantalon.

— Raconte!

— Je ne sais pas si t'es au parfum, Tonio, mais Pinuche et moi, nous avons fondé une agence de police privée...

— Je sais. Continue.

— Un jour une dame...

— Mme Helder, je sais aussi.

— Oh! Dis, cousin, écrase un chouïa! Si tu sais tout, t'as qu'à te tremper ta soupe tout seul!

— Oh! Bon, continue...

Hector tire une goulée de fumée, la rejette par les naseaux et, prenant une bouteille de scotch sous son oreiller, il la lance à Béru.

— Eclusez-en un gorgeon, monsieur Bérurier. Pour vous remettre de vos émotions.

— Merci, fait timidement l'Inspecteur Principal, vous comprenez, j'ai eu une journée chargée : un tonneau de fourmis, une estrangulation, un début de noyade, sept souris à faire reluire à la file et une transfusion de raisin, ça finit par vous surmener le bonhomme!

Il boit. Hector le regarde biberonner avec une satisfaction qui n'est pas feinte.

— Bon, fit-il, je poursuis. Je me mets donc à filer un nommé Helder qui frayait une petite Jap. Cette Jap grattait à l'ambassade nippone. Comme j'allais rejoindre l'agence, mon turf fini, voilà qu'une chignole s'arrête à ma hauteur dans une rue obscure et deux durs me bondissent sur le paltot. Je reçois un gnon derrière la soupière et je pars à dame!

« Quand je reviens à moi je suis enfermé dans une cave. Ligoté, avec du fil de fer. Pas marrant! Des rats venaient me renifler la pomme et je croquais avec les anges! Ça dure commako près de trois jours. Enfin, un des deux types s'annonce pour m'apporter de quoi jaffer. Mais comment veux-tu faire une mandibulespolka avec les bras saucissonnés depuis soixante heures?

« Je le fais remarquer au gnace qui me débobine. Je reprends un peu de poil de la bête et, au moment où il s'y attend le moins, je le cramponne par les cannes et je lui fais ma clé number two.

« A mon tour de l'estourbir. Quand il revient à lui, c'est sa pomme qui est ficelée. Et moi, son feu à la main, je le questionne et j'apprends la chose suivante : lui et son pote, ils sont au service de Helder. Ils viennent de faire sauter l'ambassade japonaise pour s'emparer d'une enveloppe rare... »

Hector ricane et prend l'enveloppe dans un tiroir.

— La voici !

Je suis de plus en plus ahuri. J'ai l'impression de passer de l'état solide à l'état visqueux.

— Continue, Totor, continue...

— T'as raison, appelle-moi Totor, c'est plus viril ! Bon. C'est la gosse qui a chouravé l'enveloppe, mais, manque de bol, comme elle allait l'apporter à Helder, elle s'est fait dessouder dans une rue merdeuse de Paris.

— Ma rue, fait lugubrement Bérurier.

— Donc, les mecs avaient tout perdu. Nanti de ces renseignements, je laisse quimper mon garde du corps et je refais surface. On se trouvait à Saint-Denis, près d'un gazomètre. Je me paie un bahut et je fonce chez Helder pour lui demander des dommages et intérêts. Il me reçoit, drôlement suffoqué, et m'écoute déballer mon baratin. Lorsque j'ai achevé il me dit :

« — Vous n'avez pas prévenu la police ?

« — Non, je lui réponds.

« — Alors, tout est encore possible.

« Il me raconte son coup. Il n'est que voleur puisque ses complices ne m'ont pas mis en l'air. Il veut l'enveloppe à cause du timbre dont un milliardaire américain lui offre cent millions. Il a su, par l'enquête de la police, que l'assassin de la môme a pris l'avion à Orly pour Tokyo. Il me propose, puisque je suis un téméraire, de filer dare-dare à Tokyo pour essayer de récupérer l'enveloppe. Je refuse, mais il m'apprend que Pinaud qui s'était mis à le suivre a subi le même sort que moi et que si je n'obéis pas, il sera liquidé, bien que ce ne soit pas dans ses principes.

« Tu me suis? »

Tu parles que je le suis. Béru, par contre, à bout de forces, en écrase après avoir lichetrogné la moitié de la boutanche de scotch.

— Alors?

— Un coup de fil qu'il donne chez Pinuche et à l'agence, tandis que j'ai l'écouteur, me prouve qu'il ne me berlure pas. J'hésite. Mais un voyage au Japon, c'est tentant. Alors j'ai accepté. Comme je n'avais pas de passeport et que le temps pressait, il m'a refilé le sien et je me suis fait sa bouille. A cause de la barbe et des lunettes, ça n'était pas difficile. Je suis arrivé à Tokyo cette nuit. Ce matin je commence à prendre contact avec la ville, et, voyant une agence française, je m'y arrête d'instinct, humain, non?

— Bien sûr.

— Tiens, passe-moi la bouteille de ton acolyte que je m'humecte les muqueuses, fait-il.

J'obéis. Il avale une lampée de gnole et me tend le flacon.

— Si le cœur t'en dit.

— Non, merci.

— A ta guise, cousin. Je musarde donc dans le hall de l'agence et je tombe sur l'écriteau...

— Je sais la suite, fais-je. Mais comment diantre as-tu reconnu l'enveloppe?

— Helder en avait pris une photographie au début de l'exposition.

— Et comment l'as-tu volée?

— Pas dur. J'ai éloigné la secrétaire.

— Je sais.

— Je suis entré et j'ai ouvert le coffre.

— Mais tu n'avais pas la combinaison!

— Ces sortes de coffres ça me connaît, on avait le même au bureau, on y rangeait nos casse-croûte et nos bouteilles de jus de réglisse.

— Mais la combinaison! Tu ne l'avais pas.

Il hausse les épaules.

— C'est là que je vais te prouver que nous sommes bien de la même famille, Tonio, et que j'ai du chou, moi aussi. Je me suis dit, il faut un mot de cinq lettres et un Français expatrié ne peut choisir que parmi deux mots.

— Qui sont?

— Merde ou Paris.

— Et c'était Paris?

— Non, c'était l'autre...

Je tends la main à Hector.

— Bravo, cousin. Pendant des années je t'ai pris pour une crêpe, je te demande pardon.

— Inutile, riposte Hector. Pendant des années, j'en ai été une en effet.

Nous tenons un rapide conseil de guerre. Je le décide à me remettre l'enveloppe et je colle Béru dans un taxi avec mission de l'aller restituer au fils du Dieu-Vivant décédé. Nous, pendant ce temps, nous allons aller chez Roult lui donner des nouvelles et téléphoner une fois de plus au Vieux pour qu'il agisse vite du côté de Pinuche.

— Tu as prévenu Helder que tu avais récupéré l'enveloppe? demandé-je.

— Et comment! Un câble. Il doit bicher. Dommage que tu le fasses alpaguer, j'allais palper une de ces primes!

— Ah! Non, Hector, protesté-je. Si tu veux rester un policier émérite, ne marche jamais dans de louches combines.

— Amen, soupire Hector. Y a pas : tu es vieux jeu dans ton genre! Quand rentrons-nous?

— A la pointe du jour!

— Des clous, j'ai rencart avec une petite frangine, ce soir! Tu ne vas pas me casser mon coup!

Il commence à m'ennuyer, le cousin, avec ses airs de matamore. S'il se prend pour Sherlock Holmes, il a tort.

— J'ai dit qu'on rentrait demain, hé! Fesse de rat! N'oublie pas que tu voyages sous un faux blaze! Si tu viens au renaud je te fais pincer par les matuches. Et d'ici que tu aies appris le japonais pour leur expliquer ton cas...

— Oh! Bon, moule-moi, ronchonne Hector. Quelle famille!

APRÈS-PROPOS

Nous sommes dans le bureau du Vieux.

Quand je dis nous, j'entends : San-A., Béru, Hector et Pinaud. Ce dernier est un peu beaucoup contusionné, vu que les truands de M. Helder l'ont malmené pour se venger de l'évasion d'Hector.

Le Dabe nous apprend qu'Helder a parlé. Il s'est mis à table dans les grandes largeurs et il paraît qu'il a fait une triste mine quand il a su que c'était en somme la jalousie de sa femme qui avait fait échouer son plan. Avec les grognaces c'est toujours commako. Tous nos maux viennent d'elles. Nos joies aussi, faut être réglo!

Une chose me turlupine encore, et je m'en ouvre au Vieux.

— Comment se fait-il que la petite Japonaise de l'ambassade ait été assassinée devant le domicile de Bérurier, Monsieur le Directeur? Je sais bien qu'il existe des coïncidences, mais...

Le Vioque sourit finement derrière sa main.

— C'est à cause de Pinaud!

— De moi..., bêle le Fossile.

— Parfaitement, mon bon Pinaud, de vous. Je crois que vous avez eu tort de quitter nos services. Quand on a ce virus, voyez-vous! Mais je m'explique : après avoir surveillé Helder, vous avez décidé de contacter la petite Japonaise pour lui tirer les vers du nez, exact?

— Oui.

— Vous aviez appris qu'elle travaillait à l'ambassade et vous vous y êtes rendu avant de passer à votre bureau?

— Exact, patron.

— Je ne suis plus votre patron, sourit encore le Vioque.

Pinuche s'écrase une larme au coin de l'œil. Ça fait un bruit de punaise écrabouillée. Puis il lance cette fière réplique :

— Vous le resterez toujours, patron!

Du moment qu'on lui passe la brosse à reluire, il brille, le Déplumé. Le voilà qui enchaîne :

— Mais quand vous êtes arrivé à l'ambassade, il y avait le feu, n'est-ce pas?

— C'est vrai.

— Renonçant à attendre la fille, vous êtes reparti pour aller demander assistance à Bérurier. Mais, et c'est là que le hasard a joué, les gangsters, qui se sauvaient avec la fille... et l'enveloppe, vous ont aperçu, la petite vous a reconnu et ce beau trio vous a filé. La rue de Bérurier est sombre... L'occasion rêvée pour eux. Ils ont débarqué la fille qui devait rejoindre Helder en taxi et vous ont kidnappé. Seulement c'était l'occasion rêvée aussi pour Fouzy Houtusé qui, lui, suivait la fille. Joli cortège dans la rue de Bérurier, avec le commissaire San-Antonio aux fauteuils d'orchestre! On pourrait composer un tableau allégorique, n'est-il pas vrai?

Il est vrai.

Drôlement joyce, le Râpé-du-dessus!

— Votre décision de restituer à Boku Hokury cette enveloppe est judicieuse. Nous, qui sommes cartésiens, aimons que le courrier arrive à destination, même quand il a plus de quatre-vingt-dix ans de retard!

Nous nous esclaffons.

— Il ne me reste plus qu'à souhaiter longue vie à votre agence, messieurs, poursuit le Boss en se tournant vers Hector et Pinuche.

« Avec vous nous comptons des concurrents redoutables et, qui sait, de précieux auxiliaires... »

L'entretien est terminé. Nous nous levons déjà, mais le Gros ne bouge pas de sa chaise.

— Ecoutez voir, murmure-t-il, faut quand même que je vous cause de quelque chose. Quand c'est que j'ai reporté la lettre au Vieux, j'ai piqué le timbre pour la collection de mon petit neveu... Je savais pas qu'il valait une pareille fortune à ce moment-là. Mais, je pense que... Enfin, je crois...

Il se fouille, sort sa blague à tabac ravagée et en extrait : un mégot moisi, une pince à bicyclette, un bouton de culotte, sa fleur de nave d'argent et enfin le timbre inestimable.

Nous nous frappons sur les cuisses.

— Eh bien! fait le Vieux, voilà qui sera à verser au trésor secret de l'Etat, car nous ne pouvons décemment restituer le timbre au gouvernement japonais.

Il examine la fleur de nave et regarde Béru.

— Où avez-vous pris cela, Bérurier?

— On me l'a discernée, balbutie le Gravos en rougissant.

— Compliments, fait le Vieux.

— Comment, fais-je, vous connaissez la signification de cet objet, patron?

— Je connais tout, mon cher ami, rétorque le Vieux amusé.

Le Gros éclate de rire.

— San-A., lui, a eu droit au lotus d'or!

Le regard que me jette le Boss est luisant d'une indicible admiration.

— Eh bien! fait-il, je suis heureux d'avoir à mon service des hommes qui méritent à ce point le titre d'homme!

Achevé d'imprimer le 20 mars 1981
sur les presses de l'Imprimerie Bussière
à Saint-Amand (Cher)

— N° d'impression : 2105. —
Dépôt légal : 2e trimestre 1981.
Imprimé en France

PUBLICATION MENSUELLE